U0095728

（日）林真理子／著

陈晓雷／译

个女无敌·好运书

王健康　石观海　主编

漓江出版社

桂图登字：20-2003-126号

图书在版编目（CIP）数据

个女无敌·好运书/（日）林真理子著；陈晓雷译. —桂林：漓江出版社，2008.1
ISBN 978-7-5407-4453-3

Ⅰ.个… Ⅱ.①林… ②陈… Ⅲ.随笔—作品集—日本—现代 Ⅳ.I313.65

中国版本图书馆CIP数据核字（2008）第001655号

By Mariko Hayashi. All rights reserved.
Chinese（in simplified character only）translation rights arranged with Mariko
Hayashi，Japan through 林真理子事物所in 2003.

个女无敌·好运书

著 作 者 〔日〕林真理子
译 者 陈晓雷
主 编 王健康 石观海
责任编辑 刘萍萍
美术编辑 徐新宇
责任校对 章勤璐
责任监印 唐慧群

出 版 人 杜 森
出版发行 漓江出版社
社 址 广西桂林市安新南区356号
邮 编 541002
发行电话 0773-3896171 010-85893190
传 真 0773-3896172 010-85800274
邮购热线 0773-3896171
电子信箱 ljcbs@163.com
http://www.Lijiang—pub.com
印 制 中国农业出版社印刷厂
开 本 880×1060 1/24
印 张 8.75
字 数 146千字
版 次 2008年7月第1版
印 次 2008年7月第1次印刷
印 数 1—8 000册
书 号 ISBN 978-7-5407-4453-3
定 价 20.00元

目录

Chapter 3 / 女人，要纵情享受心灵的愉悦

Chapter 4 ／女人，要精通购物的诀窍

致中国读者

中国朋友们，你们好。应该说我们不是初次相识，因为我早已有几部作品译成了中文。

前两天，我出席书店的作者签名仪式，读者的队列中有位中国的留学生。据说是在中国国内读了我的作品。

我登上文坛二十年，现在被称为日本非常有声望的作家之一。我给女性杂志写随笔，也写历史小说，还经常客座周刊、月刊杂志的各种对谈。恐怕还没有如此多方位活跃的作家，这是我所自负的。

希望你们能通过我的作品接触今天的日本。在我的随笔等当中，会有些难懂的固有名词之类，可以问一问周围的日本人。人们认为我的随笔有点过于直率。恭谨的中国读者，尤其是女性会如何理解我的作品？我有点担心，也觉得很有乐趣。

林真理子

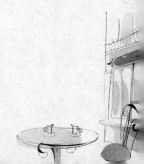

Chapter 1　做让人一见钟情的女人

运气可以积攒

人们都说我是个幸运的女人。其实，我也有倒霉的时候。即使现在也是如此。倒霉的时候，我会变得非常消沉，甚至曾想一死了之。

这种时候，我该怎么办呢？有人或许会猛吃一顿，或是疯狂购物。然而，我却觉得应该打消这样的念头。美食带来的只是一时的快感。对像我这样容易发胖的人来说，过后一称体重准会背过气去。这样一来，反倒会变得更加消沉而难以自拔。购物也需慎重考虑。尽管我是个出了名的"浪费家"，毕竟也只有在心情好时，才会奢侈地购物、旅行。"今后变穷怎么办？卡都成了空的怎么办？"想起这些，情绪消沉的时候，购物就不会使人轻松。

那么我该如何是好呢？去算命。算命是心灵的美容术，是心灵的滋养药与陶醉剂。没有一个算命先生会说"你是一个倒霉的人"。当算命先生说"你非常幸运，只是时候未到。从今年夏天起，你将时来运转"时，心头的阴云不是一下子就全散尽了吗？是的，人不会总是一直背运。当觉得现在自己运气最不佳时，不可思议的是，不久真的会有好事降临到你的头上。

除了可以信赖的算命先生以外，最好还要有活泼开朗，对一切都充满自信的女友。当你心灰意冷地给她打电话时，她会教训说："你说些什么呀！"不过，爱喋喋不休发牢骚的女人，不会有这种朋

友。运气是可以积攒的，因此运气好的时候，要与周围的人建立起牢固的人际关系。不走运时，用积攒下来的这些运气安慰自己。这种聪明的想法才是一生走运的诀窍。

男人是命运的使者

人们好像都认为我多半是个幸运的女人。

昨天，我与四名同事一起乘飞机外出。由于碰上了一个什么节，每个人都得到了一张抽奖卡，然而只有我中了头等奖。

我获得了一个八音盒。

"到底是林小姐，真走运啊！"

"真是非同寻常，以前也经常中奖吧？"

别人这么一说，我感到自己确实如此。早在孩提的时候，我曾在街道举办的抽奖活动中摇出过银球。那还是过去那种令人怀念的摇起来会哗啦哗啦响的摇奖器。

我还记得当时在人们"中了！中了特等奖"的惊呼声中，仿佛像过七夕节一般，我与"福神"一起在街区内巡游了许久。我的作品也常常获奖，大学一年级时，我在作文竞赛中获奖，因而免费去了巴黎旅行。

有人总是说，运气好坏取决于努力与否及本人的心情。也就是说他们认为运气是一种精神上的、近似错觉的东西。然而，我却认为运气是一种更深层次的、超常的东西。

举个例子来说，几年前的一天，当时我正等待着直木奖揭晓，由于办公室挤满了蜂拥而至的记者，所以我躲到了附近的麻将店。没想到每圈下来都是我以大满贯获胜，我打了近十年麻将，从来都

没有过这么好的战绩，而且是连续五次，这使我感到惊惧。

我清楚地感到自身存在着一股看不见的力量，这就是运气。由于命运的推举我果然获得了直木奖，编辑们也清楚地记着那天夜里的事，他们说也感到悚然。

不错，命运是不可思议的，是超越于智慧之上的。然而，人们却可以凭借智慧来操纵命运，使它接近自己。这是因为命运这一超越自然的东西，容易降临到强者身上。强者就是开朗、上进的人。通过运气，这样的人会变得更加开朗、坚强，从而形成一种良性循环。

相反，一旦受到挫折，运气便容易剥落。命运实在是令人捉摸不透。我也是如此。从风光无限的女大学生沦落为长期待业者，而后又变成打工仔。那时，由街道的抽奖活动而附在我身上的运气，完完全全地弃我而去了。

贫穷已极、让男人看不上眼、越来越胖、打工的地方又有令人讨厌的女同事，自己就这样不走运地日复一日地生活着。运气开始变得与我无缘。

然而，运气的长处或许与男人一样，即使离开你也会留下记忆。于是我给自己打气："我曾经那样幸运，不该陷入这种悲惨的境遇，一定是搞错了。"

或许是命运欣赏我这种倔强的性格，它开始渐渐地向我走近。多数情况下，命运的到来就像与一个人邂逅一样。

教我做广告撰稿工作的那个住公寓的女孩儿，还有后来成为男友的他……

时来运转时多半会受到男人的影响。

"你是个有才华的女性。我会不遗余力地帮助你。"

在我看来，在那时鼓励我、给我勇气的男性，简直就是命运这一庞然大物的使者。

　　尽管世界上没有谁理会我，但是邂逅了一个赞赏我的人。于是，变化开始了。

财运第一，情运第二

如今的社会，财运与情运仿佛是孪生兄弟一般紧拉着手。富有的女人会使男人敬而远之之类的想法已经过时。一个女人能赚钱，不正说明她具有特殊才能、充满活力吗？这种女人怎么会没有魅力呢？

如果是以前，我的一些做空姐、编辑、会计师之类工作的女友，都有让男人敬而远之的倾向。然而，如今没有一个男人会那样小家子气。尽管现在的男人被认为变得软弱，然而好处还是有的，他们不再死要面子、不再大男子主义了。他们以拥有高收入的妻子而自豪，愿意与之共度快乐的人生。所以说女人也必须努力创造财运。

我敢断言，在当今的社会里，正因为是女人，所以一定要有钱。这并不是说一定要出名或成为明星，因为几十万人中或许只有一人才会得到如此幸运。我在这里所说的财运，是指找一份自己喜欢的工作，以及这份工作给自己带来的很高的经济效益。我想只要努力，财运会降临到每一个人身上。手里有了钱，好事就会接踵而来。名牌服饰也敢问津，人自然会打扮得越来越有品味。再去做做美容，皮肤也会益发鲜嫩。更重要的是，工作在高收入的场所，当然就会接触到高层次的男人。事实就是如此。如果生活穷困，周围自然也都是些"贫士"，与这些贫士交往，会使人生笼罩在阴霾之中。而有财运的女人，会结识许多有教养的男士。这与在大公司工作的女人挑选的男友绝不会素质低是一样的。成为高收入场所的一员，会使自己眼光高，产生一种自信。只有自信心强的女人才会吸引高素质的男士，这是世间的规律。

然而，无论在什么年代，总是有一些女人想"投机取巧"。她们认为，与其自己赚钱，不如傍一个大款来得容易。然而，这必须具备美貌与魅力两个条件，而且头脑还要万分聪明才行。那种认为只要不厌其烦地多参加上流沙龙就会傍上有钱男人的想法太简单了。再说光想着夺走他人的事业成功男士的那种女人，是不会具备高收入女人们所具有的乐观自信的。

我还敢断言，幸运的人都非常开朗。或许是因为开朗所以好运才会降临。总之，财运和情运会降临到这种女人身上。在此，也许有必要恰如其分地给情运下一个定义。情运并不是说非要和国际级的赛车手或著名相扑运动员结婚，也不像瞎猫撞上死老鼠似的意外地得到了有钱的男人。当然，"没钱无所谓，只要彼此拥有爱"这样的爱情准绳也是够悲惨的。如果在听到女友的结婚消息和关于她男友的介绍时，会羡慕她"真行啊！钓到这么棒的一个金龟婿！"能使你产生这种感觉的，便可以说是能带来情运的男人。

学历较高、收入较丰、仪表堂堂，当然即使不完全具备以上三个条件，也要具备有吸引力这一条件。再加上与自己情投意合，也就是说能愉快地在一起生活。与这样的男人一起努力工作，属于他们的收入一定不菲。这样两人便可一起度过富裕、充满活力的人生。这不正是现代理想的财运与情运吗？我已多次说过，与其临渊羡鱼，不如退而结网。只要努力，人人都会拥有这样的财运和情运。

拜拜吧，"掉价男人"

要把一个男人定为"命中注定的男人"，必须具备两个条件。首先，这个男人看上去是自己喜欢的类型。其次，交往过程顺利。要以上的两个条件缺一不可，才会发生浪漫故事，他才可以被定位为你的"白马王子"。然而，多数情况下，事情不会那么顺利。即使碰上自己所喜欢的那种类型的男人，对方也未必会喜欢自己，有时即使相恋了，男人的相貌举止也并不理想。

然而不管怎么说，女人的欲望都是无止境的。都希望自己和一个一见钟情、使人怦然心动的潇洒男人坠入情网，然后来一场天昏地暗的热恋。我周围的女孩子中有许多人的恋爱方式是："在众多求爱者当中选择一个，而在交往中又渐渐觉得他不能令人满意。"于是，她们不停地对我说："就没有更好的了吗？林姐，能不能给我介绍一个。"

我把这种情况称为"恋人打折现象"。这样的恋爱正如大甩卖时选购衣服一样，可以说是妥协的产物。

在一种奇怪的兴奋状态下，尽管颜色不十分令人满意，心里却想，嗨，还行吧！尽管样式已经过时，心里却想，嗨，将就吧！尽管裙子的长短不合适，还是想，嗨，可以吧！这可是很划算的啊，我穿的话会越来越顺眼的嘛。就是在这种心态的支配下，衣服被不断地拿到收款处。也许将"打五折"、"我穿一定会逐渐顺眼的"分别换成"反正他非常爱我"、"相处得时间长了，他一定会成为一个合格的男友"之类的话语，道理就会更加显而易见。也就是说，是某种自信与主观推测，促使自己选购大甩卖的衣物。然而，你真对那类衣物心满意足吗？偶尔也许会有这种满足感——廉价买到了以前想要又觉得太贵的东西。但是，"买的是处理品"这一意识会残留在心底，结果导致它在你心目中无足轻重。总之，大甩卖时买的衣服，老是只能让你觉得"七分满意"，你永远无法摆脱那剩下的三分遗憾。

女孩子最喜爱的衣服，终究还是展示在橱窗里的、让人一见钟情而买下的衣服。哪个女孩子那时都会觉得这件衣服是为我而存在的，它与我是命中注定的相逢。衣服可以这样选择，为什么恋人就不可以呢？为什么总是满足于"掉了价"的男人呢？要珍视经过橱窗时产生的"这才是我理想的白马王子"那一闪念。我想一个女孩活到二十多岁，一定会有自己的审美观与喜好，一定有自己中意的发型、身高、举止言谈等等。把这些综合起来考虑，想象着与这种男人相爱及被爱的幸福。总之，不要放弃，要努力使这样的白马王子来到自己身旁。万一不成功，凭着那份记忆与微微泛苦的恋情，他也一定会成为你"命中注定的男人"。

如何才能"受欢迎"

世界上有的女人不受男性欢迎，却受女性欢迎。当然有的女人也颇受男性欢迎。在研究这两者相互关系的过程中，可以发现有趣的现象。

第一类是既漂亮又可爱，而且受男性欢迎的女人。

这种女人也受女性欢迎。只要这种女人性格不是很糟糕，就一定会博得大家的好感，因为女性对于美貌接受得特别爽快。

第二类是漂亮、可爱却不受男性欢迎的女人。

这种女人在同性当中很受推崇：

"那么漂亮，却没有一点儿架子。"

"真是个稳重的好女孩儿。"

尽管大家表面上对这种女人的评价很高，可内心却并非如此。有些人会暗中嘲笑她们虽然有那么好的条件，却没能够好好地利用。一定是脑袋不好使，才使得她们不得不低下那美丽的头。

第三类是既不漂亮又不可爱，而且不受男性欢迎的女人。

女性还是最喜欢这种女人。这种女人大多能说会道，她们善解人意，这一点很受同性欢迎，她们总是会被女友们邀请参加各种相亲派对。

第四类是既不漂亮又不可爱，却受男性欢迎的女人。

这种女人可以说是女性最大的敌人。对女性来说，最讨厌的莫过于百思不得其解之事，目睹这种不可思议的事情发生，那才可气呢。

于是，便会出现"她一定是用身体勾引男人"之类的风言风语。

以上四个例子中，第一与第三类的女人没有什么太大问题，她们十分清楚自己的定位与角色。我敢肯定，难办的是第二与第四类的女人。

长得漂亮却不受男性欢迎者的烦恼，可以说不计其数。《安安》[1]杂志的《人生咨询》栏目常常会刊登一些来信，说"自己这么说也许太不自量，可别人都说我漂亮、苗条，可为什么男人都不理睬我呢"等等。这类咨询在《花》等其他女性杂志中也随处可见。咨询内容的"匠心独具之处"在于不忘加上"自己这么说也许太不自量"、"别人都说我漂亮"之类的开场白。也就是标榜自己谦逊而且客观，用以表明自己的头脑也是很聪明的。然而，我却不由得感到惋惜——她们正是聪明反被聪明误。我想明确地告诉她们，诸如此类的自我分析和自以为是，是最不受异性"欢迎"的。因为她们不具备"受欢迎"所必需的本能的、自然的那种纯朴。

受欢迎的女人就是受欢迎，不受欢迎的女人就是不受欢迎。如此下结论也许太直露，因为这样一来，第四类的女人也会陷入苦恼。只要受男人欢迎，即使被女人讨厌又能怎么样呢？这样说只不过是不受欢迎的女人的一面之词。其实越是第四类型的女人，就越渴望得到同性的友情。她们这种女人，从上中学时起，就遭到其他女性的排斥。如果有明确的理由（如漂亮、可爱等）还好说，本来与自己处在同一档次，或是档次更低，却总是被男性吹捧，这岂能叫人容忍！这种念头在女性清高矜持的心头难以遏止。如果接受这个事实，那么自身的价值观岂不被颠覆了吗？

我大学时代的同学A子，就是典型的第四类女人。国字脸、粗糙的皮肤、如"一"字形的眯缝眼，无论怎样也看不出哪方面能让

男人动心。不知何故，她很喜欢我，所以我经常去她的公寓玩。于是乎，她就高高兴兴地为我准备饭菜，亲热得令我甚至怀疑她是个同性恋。然而，这种好心情只持续到晚饭时间。

从八点左右开始，她房间里的电话就开始响个不停。

电话响了又挂，挂了又响，而对方都是我暗中仰慕已久的滑雪部的三年级学生或高尔夫部的部长之类的人。他们打电话来全是想与她周末约会。

我感到被彻底冷落了，电视节目也看不进去，由于意外与懊恼，几乎把嘴唇都咬出血来。

那时就很直率的我，在她挂断电话后便问道："哎，他们喜欢你什么地方呢？"

"嗯，我也不知道。"她摆动着长发摇头说。喂，喂，那个动作可是漂亮女人才做的呀！我再一次怒上心头。

"他们都说我好有趣……"她又补充道。

回家的路上，我委屈地流下了眼泪。若论有趣我可比她强百倍……我哪一点不如那个女人……如果那个女人接到五个电话，我至少也应接到一个。这时，我突然想起了第二类的一个朋友。她比我还糟糕，据说出生以来没有一个男人给她打过电话。

于是我发现了"受欢迎"这一定义伟大而崇高的原理，那就是"受欢迎与否无章可循"。

有些女性杂志，常常写着"别忘记笑容"、"参加相亲沙龙时别忘主动整理大家的鞋子，为大家准备冰块，这样才会吸引男士的注意力"等等。

其实，受欢迎与这些无关。对吧。在男人聚集的场所，谁都会打扮得漂漂亮亮并且面带微笑。也一定不会忘记拿出熨烫得平平整整的手帕照顾对方。尽管如此，最受欢迎的仍然是那些一贯招人喜爱的女孩。所以有异性缘并不是人生指南可以写出的，而是人类心理中最不可思议的构件。

这样的话，是否不受欢迎的女人会永远不受欢迎呢？别着急，还有救。"受欢迎"这种不可思议的心理构件，还会孕育出不可思议的现象。它会给一个女人带来奇迹般的时期。

那种时光我就曾度过半年左右。那时，我不禁想拧自己的脸——这种事怎么能发生在我身上呢？所有相识的男人都一厢情愿地向我表达爱意。我完全成了第四类型的女人，当时明显受到了女友们的讨厌。只是我为自己年过三十才迎来这种时期感到几分悲哀。因为当我迫不及待地建立起家庭时，这梦幻般的时刻立刻宛如泡沫般消失了。

然而，如果是更年轻、更聪明的女孩子，她们就会很好地利用这一时期，甚至还会大大延长这一时期。会把"受欢迎"变成自己的习性。一经习惯，这种习性就会发展成招男人喜欢的女人所特有的傲气、优雅和气质。即使不能成为货真价实的"受异性喜爱的女人"，哪怕半真半假的"招异性喜爱"，或许也能改变以后的人生。

最后，我还想说几句。即使女人想凭借地位、名声及金钱使自己受异性喜爱，也没有什么值得悲观的。凭借金钱之力显得有点儿令人难受，这里暂且不谈。然而在某一领域博得大家的赞赏，以此来吸引男人，可以说是最能被宽容的。我身边就有许多这类女人，她们全都没有丝毫自卑感。如同男人决不会因为自己是凭借权力、地位吸引女人而感到不快一样，因为权力与地位作为身体的一部分完完全全地融入了男人的体内。所有这些，也同样适用于女人。

成为一个成熟的、颇具吸引力的女强人。这种人生，不是很潇洒吗？

"爱情"面膜

长期扮演女人这一角色，深深地明白了一个道理。那就是"人可貌相"。年轻时总是天真地认为"人不可貌相"，所以自己虚度了时光。如果那时抓紧时间来做做面部按摩和瘦腿体操有多好。

那之后，渐渐成熟的我开始努力探索什么才是"男人喜欢的容貌"。首先皮肤要好，下唇略突出的丰满嘴唇、不太大却水汪汪的眼睛等等，想出了许多。"男人喜欢的容貌"的确存在，有这种容貌的女人也一定深受异性喜爱。然而，也有不符合我煞费苦心所制订出的定理的女人，这使我头脑一片混乱。

读卦书时，里面经常会提到感情运不好的相貌，如大腮帮高颧骨、细眼睛、薄嘴唇等等。可是，最近有谁看过这类面孔了呢？至少在年轻读者当中没有这种面孔。如果非要找找的话，那么就请在参加"女性业余歌手比赛"电视节目中年过半百的老大妈当中去找吧！

因为如今的女孩子很会打扮，所以哪怕是细眼睛，只要加以东方式的修饰，也能变成一个美人。

我觉得没有像现在这样女人的容貌靠不住的时代了，这是因为许多女孩子都在努力变美丽的结果。

尽管有时为自己生就的面貌而叹气，然而却决不否定自我。她们常常面对镜子练习自己最迷人的微笑。她们为修整眉毛而苦心钻研，粉底霜也经过精心挑选，而唇形也靠锤炼笔法技巧勾勒出来。

这类女孩子，是不会不受男人的喜爱，不会不幸福的。即使偶尔时运不佳，但最终也一定会交上男朋友。不断努力的女孩子，必将会得到好运——这就是我一贯的观点。

而且，哪怕只有一次恋爱，也会使女人的容貌发生巨大变化。我的一位非常亲密的女友，临近结婚时简直与以前判若两人，以至于几乎认不出来了。眼睛变得闪闪发亮，肌肤也变得滋润而富有光泽。爱情是改变相貌和财运的良机，它像面膜般绷紧面部的皮肤，须好好利用。常常有人因爱情结束而使得面孔恢复到以前的状态。要是能永远留住恋爱时的风采该有多好啊！

因此，就不要去憎恨与自己分手的男友，也不要责备自己，要乐观，该感谢他使自己更成熟，这样，那种皮肤的张力才会长期保持下去。

通过张力的一点点逐渐增强，使自己成为永葆青春的女性。我认为真正有感情运的女人，与其说具有优美的面部零件，不如说会灵活运用这些零件。

一个细微的眼神，抬头看男人时睫毛的抖动方式以及笑时嘴唇的开启方式，所有这些必须靠实践与学习才能掌握。这是一种从各种各样的经验中获得的能力。也就是说，运气好的女人脑袋也聪明。

女人，要让人一见钟情

实在抱歉，从我口中竟能说出这种话，尽管我知道自己的尊容会使很多人皱眉头，可我还是要斗胆告诉大家：

"丈夫对我是一见钟情的！"

说是相亲，可场所却很随便。那是四年前的元旦，地点是在一位熟悉的阿姨家的客厅。从那时起他每晚都对我电话诉衷肠，每周一次开车直奔我家。

"你喜欢我什么地方呢？"

新婚不久，当我问丈夫时，他总是说一些恰到好处的甜言蜜语。然而，最近吵架时他竟说出了这样可恶的话：

"哼，以前相亲时接触的都是一些贤妻良母型的好女孩，我只是觉得像你这种凶狠女人少有而已。"

"但转念一想，这也许才是他的真心话吧。

最近的女孩子都很漂亮，都很聪明，都会恰到好处地待人接物，看上去就像又好吃又漂亮的维夫饼干的包装盒一样，盒里的饼干也酥酥松松没有味道。这时如果冷不防吃到一块有嚼头的硬脆煎饼，肯定会给男人留下深刻的印象。

此事从一位即将结婚的男性友人那里得到了证实。他对未婚妻的第一印象也不太好。用他的话说"太自以为是了，有时简直像个混蛋"。

别的女孩子都既可爱又老实，为什么偏偏这个女人说话这么难听呢？他好奇得不得了。所以促使他仍想与她见面，加深对她的了解，这好像是不可思议的事情。

其实，这并没有什么不可思议的。

尽管人人都喜欢好吃的东西，但是"吱溜"一下咽下去，很快就会忘掉吃时所感觉到的东西，总不如有刺激性的可可饮料啦、地方特色茶之类能使人兴奋。

如今，"自以为是"可以说是现代一份不可缺少的调味品。那些所谓的有魅力的女人，大多是男人眼里的"自以为是"之类的女人。我这可不是说男人在漫天胡说。对于寻求有情调、有刺激的伴侣的男人来说，"自以为是"可是受欢迎的。

然而，在此需要注意的是，"自以为是"并不等同于"任性"。正因为有足够的自信与虽然年轻却有主见的个性，她才能坚持自己的观点。这样，在他人眼里此人就会显得与众不同。对她们来说，赢得这种特权并非易事。从少女时代开始做事就与其他人不同，即使被认为是"怪物"也不随波逐流，不对男人做出讨好的媚笑。正是这种顽强性格一点一滴地积累，才造就了"自以为是"这一良好品质。

"自以为是"精神逐渐增强，就会发展成为"女强人"。这无可厚非。

我的朋友中有一位女实业家。对应聘者进行面试时总是亲自到场，这时她一定会从两个方面对对方进行评估。

"首先是开朗，再就是要强。"

她认为正是由于有上进心，人才会要强，对此我也赞同。

看男人的脸色过日子，发型和化妆都投男人所好，做什么都喜欢追赶潮流，这种女人，无论外表有多漂亮，却总给人以维夫饼干的感觉，不会闪出光亮。只有为变强并为此付出努力的女人才具有灵气，尽管她高处不胜寒，但正因为如此，才会独自闪亮。

分手应义无反顾

据说对我写的书信以为真的人，都认为林真理子是一个经常失恋的女人。

我承认自己容易坠入情网，然而并非总是轻易被男人甩掉。倒是我几次让男人吃了苦头……话虽这么说，其实也不是这么回事。总是在分手的紧要关头，让对方稍胜了一筹。也只能说这是我命中注定的了。

爱情行将结束时，谁都会感觉得到。

说完"改天我再给你打电话"之后，便几天全无音信。使得自己精神恍惚，对别人说的话都心不在焉。

如果你主动说"快点定一下黄金周的出行计划吧"，对方会搪塞说以后的事还不好说，并且在假期之前临时找借口取消约会。要说最讨厌的事大概莫过于焦躁不安地等待男人的电话了。双方相处得顺利时，等电话是件令人兴奋的事。然而，想通过电话试探男人心思时，等待却是非常痛苦的。

由于当时还没有手机，晚上总是拒绝朋友的邀请早早地回家，趴在床上注视着旁边的电话。手不停地翻着书，却一点也不往脑袋里进。就这样，不知不觉地过了12点。该去洗澡了，可又想要是这会儿来了电话怎么办？

于是，只好扯着电话线把电话放在浴室前，并将浴室门留道小缝。就连洗发也是匆匆忙忙的，因为担心用水冲洗头部时听不到电话铃声。

电话铃终于响了。于是，满身肥皂泡也顾不得擦，一手抓起听筒：

"喂，怎么这么晚才打来啊？"

可从对面传来的却是女友悠闲的声音。

"唉，我说，告诉你一件有趣的事……"

于是，愤怒的风暴理所当然地袭向女友。没有什么要紧事，就不要在这个时候来电话嘛。说着"啪"的一声挂断电话，悲惨与伤心的泪水几乎夺眶而出。

在这之后，终于破例主动给他打了电话。如果他不在家还有情可原，可他居然在家。并且他还会说："对不起，我正在等马上就要挂进的电话。"此刻女人便下定了决心。这种生活已经够了。女人在心里发誓一定要了断两人之间的关系。

于是，女人便会千篇一律地说道：

"我们分手吧！"

"我们还是从此不见面为好。"

然而，令人不可思议的是，男人听到后非常惊慌，他会说：

"我还以为你理解我的心情呢。"

"如果你有了其他喜欢的男人可以，如果没有那可不行。"

这可实在让人为难。此时，只有性格刚烈的女人才会坚持："不管怎样，还是分手吧。"而大多数女人会暗自高兴，全身充溢着幸福感，也就不再多说什么了。

其实，这样的跟头我也栽过好几次。当我提出要分手，而男方不同意时，我会立刻妥协。那时，如果我坚持分手的话，那个男人

就会以"被我甩了的男人"的名分永远留在我的历史中。可是事情并非如此，当我被男方哄劝得安静下来时，男方却突然间提出分手，且恶毒地说："你提出分手时，我也就开始考虑这个问题了。"

于是，不知不觉地我完全处在"被甩了的女人"的位置上了。真是岂有此理！

最近，我终于明白，男人实在是自尊心很强的动物。他们不能容忍由女人提出分手。即使爱情已经不复存在，他们也不想让对方轻易地从自己的手心中逃脱。如果认为这种居心不良的"恋恋不舍"是爱情、是感情，那可就大错特错了。

然而，说起居心不良，我也够可以的了。我的朋友也大都如此。在新的男人出现之前，无论如何也不会和现在的男友分手。

对此，我的朋友做了这样的解释：这就像订餐一样，开始给意大利餐厅挂电话预约，可过后一想还是中国菜比较好，于是就先向中国餐厅预约，然后再取消意大利餐厅的预约。没有人会先取消意大利餐厅的预约，然后再向中国餐厅预约。男人也是同样的嘛！

还有的朋友这样说："即使是不喜欢的大衣，凑合着穿也可以御寒。不是比什么也不穿挨冻好吗？"

其实，我也赞同她们的观点。如今的社会，没有男朋友什么也干不成。星期天带自己出去吃饭，春天驾车去海边兜风，陪同自己参加各种晚会……谁愿意舍弃这些方便呢？

然而，做过之后我才明白，与这种"二十四小时便利店"般的男人分手，并没什么难以承受的痛苦。只要一个人在家里逗逗猫，分手的那段日子也会很快过去的。

真正使人痛苦，使人六神无主地在夜里哭泣的是如何向所爱的男人提出分手。自己深深地爱着对方，而对方的爱却已冷却，或者说，从一开始爱的程度彼此就不一样。自己长期以来一直按自己的想法理解着这份仅比"喜欢"深一点儿的爱情。

"也许"这个词不知自言自语地重复多少次啊!

也许，他会真的爱我。

也许，他会向我求婚。

然而，一味地重复这些，迟早有一天知道不过是一场空。如果是聪明的女孩子，一定会看透对方的心的。

把时间与心思放在不爱自己的男人身上，实在是可悲。还是鼓起勇气说：

"我们分手吧。"

在此要提醒大家，我之所以经常出现失误，就是因为总想最后仍挽回男友的心。

"如果你对我再好一些，我不会这么说的。"

"我认识了新的男孩，他说想和我交朋友(当然是说谎)。"

这么一说，就给对方留下了空子。女人提出分手时，应豁出一切，应让对方彻底死心，明确、坚定地告诉他，没有一点挽回的余地。

这是一种重新寻找自我的坚强。说完之后就马上离开，不要回头，也不要接他的电话。

如果能做到这一点，你就没有什么担心的了，以后新的男友会不断向你走来。你要相信这一点，敢于向旧男友说再见。

总之，那个男人是被我"甩了"，我由此而增强了自信心。

结婚的理想与现实

五年前，我与相识才五个月的丈夫闪电般地结婚了。事情进展得非常顺利，以至于当我吃惊地想"结婚就是如此简单吗"的时候，已经迎来了婚礼之日。可以说，当时我还不大了解他，因为相处的时间毕竟太短了。但是，凭着成年女性的经验，我对一些重要的环节进行了分析。我最讨厌的就是粗俗、吝啬、野心勃勃的男人。而他出生于东京的山手地区，排行老二，为人很稳重。他不会说别人的坏话或议论别人。我自身不可能成为这种类型的人，因此决定与这种可以管教我的人结婚。对服务员他也决不盛气凌人，而是平等相待。他既不吝啬，一举一动又符合他的工薪族的身份，因此他令我十分满意。而最重要的是，他非常爱我。结婚之前，我就像他的宝贝一样。因为我没有受到过男人如此礼遇，所以深受感动。

然而，同时我也很不安。一起生活后缺点暴露出来该怎么办？也许我对做饭不会讨厌，但是却厌烦打扫房间。而且我舍不得丢东西，结果东西越攒越多，房间里总是乱糟糟的。

以前，我一个人就是在这样的房间里生活的。夏天外出归来，首先在门口脱下连裤袜，边往房间走边脱衣服，然后手拿易拉罐啤酒与刚送来的杂志直奔沙发。把空调功率调到最大，一边大口地喝啤酒一边高兴地阅读《女性自身》的那种快乐……回味着懒散生活所带来的快感，我曾想，独身生活也不错嘛！结婚之后，就是再宽

24

容的男人也不会原谅这种做法吧。他们理想的女友或妻子应该穿着连衣裙，为丈夫斟上一杯麦茶之类的饮料吧。想到这些，我越来越感到不安，不拘小节的行为可不能被丈夫发现，上厕所也成了为难的事。即使和同性的朋友一起去旅行，我也不好意思去厕所，甚至患上了便秘。可是两个人的生活开始以后，想要大便那可怎么办？两三天的话可以忍耐，可要长期生活下去，怎么才能掩盖得了呢？

其实，这种担心简直是杞人忧天。尽管丈夫看起来像是很讲究，但其实他是一个不愿洗澡的懒家伙。虽然看到家中杂乱无章他会生气，可却从不发牢骚，因为他怕我对他说："那，你也来帮忙吧。"与其两人一起打扫房间，不如两人一起懒懒散散地看电视。他的这种性格，实在与我很相似。就连好打扮却不善于整理衣橱这一点也和我一样。

厕所之类的问题，更好解决了。夫妻之间本来就不应该假正经。现在我会一下子就看出对方想要去那里，所以有时会先跟他说："别把那本杂志拿进去，我还没看完呢。"尽管我们总是彼此发现缺点，然而却决不生厌，这就是夫妻的不可思议之处。听了我与女友的长长的电话后，丈夫叹气说：

"我没有姐姐和妹妹，母亲又是那种讲究型（其实非常文雅、漂亮），与你结婚，我总算明白了女人是如此粗俗。"

"粗俗又怎么样！啊？小老头！"

我故意耍无赖，并用手卡住丈夫的脖子。于是丈夫只能摇头苦笑。所以不管我怎么样，他总是认为我有趣、可爱。这就是夫妻共同生活的乐趣。

相反，我也不在意丈夫的固执、任性、爱冲动。他十分争强好胜，这点我结婚以后才知道，后来他是那么好发脾气。因为在朋友面前一般不会流露，别人都认为他是个温厚的人，然而那只是表面

现象。开车外出时，他曾与"飞车党"多次交锋，嘴里还嚷嚷："臭小子，你给我滚出来。"尽管那时我提心吊胆的，可还是喜欢他这孩子般的一面。

我们夫妻间经常吵架，而且吵得很凶，还不止一次说离婚。

不大不小地吵过闹过后，丈夫总是说起自己来世的愿望：

"下辈子我一定要找一个年轻可爱的结婚。"

那时，我会说：

"可是，还会有像我这样爱你，理解你的女人吗？"

于是，丈夫便会老老实实地泄了气：

"说得也是啊。"

丈夫对我也是如此。我想丈夫就像我的父母一样地爱我，而且他比我的父母还要理解我。丈夫是一个很少读书的人，几乎不了解我的工作内容，所以说文学界的做法对他是行不通的。他总是以一个本分的工薪族的眼光来看问题，与我争论，还时常责备我。

尽管许多朋友都说"能坚持两年真不简单"，但比起结婚前温和的丈夫，我还是喜欢现在任性的丈夫。比起结婚一年时的他，我更喜欢现在的他。有时我会感到生活真是不可思议，五年前，我是如何生活的呢？如何吃的晚饭？如何度过夜晚的？这一切都已从记忆中消失。因为，我已经习惯身边有丈夫的生活。他如空气一样令人感觉不到，但又须臾不能离开，这就是我的丈夫。

然而，贪婪的我又在想：

"真想再恋爱一次啊，想有个恋人，哪怕是做第三者也好……"

于是，正在玩着电脑游戏的丈夫头也不抬地说：

"你呀，像我这样没事找事的男人不会再有了。还是死了那条心吧。"

他可真是把我看透了。

选择伴侣不是挑体形

我最喜欢吃沙丁鱼了。昨天到鱼店，刚好买到了非常新鲜的沙丁鱼。它对已步入中年的工薪族丈夫的健康也一定有益。于是算准时间，在准备好其他菜之后端出了刚烤好的沙丁鱼。我是个馋嘴的人，所以在这方面很费心。

刚从炉子上端下来的还在"嗞嗞"地响着的沙丁鱼是最好吃的，鱼身还恰到好处地渗出一层油珠……嗯？我向丈夫望去。他先夹起醋拌凉菜，然后又开始吃生鱼片。我不由得急了，说：

"吃沙丁鱼嘛。"

"过一会儿吃。"丈夫说。

"趁刚烤好的时候吃吧。你瞧，还嗞嗞地响着呢，可好吃了。"

"真啰嗦啊。"丈夫生气了，"先吃哪个菜是我的自由，用不着你来命令。"

我一下子火冒三丈，恨不得掀桌子，但还是拼命忍住了，我说：

"你只是等着吃现成的，对别人辛辛苦苦做的菜至少也应在好吃的时候吃吧，这有什么做不到的？"

夫妻吵过架之后，我总是在想，为什么没和勤快一些的男人结婚呢？即使夫妻不能一同下厨房，妻子做饭时丈夫至少也会准备准备碗筷……然而，若问我是否真的喜欢那种男人，我却很难做出回答。

年轻时，我对男人要求的条件很苛刻——人必须要聪明，外表

与社会地位都要达到让女友们羡慕的水准。然而，随着年龄的增长，我觉得还是与自己般配的比较好，我改变了对男人的看法，可有两个条件我一直没有改变，一是必须要有幽默感，二是要有单身生活的经验。

如果自己不洗衣服，抽屉里就不会有干净的内衣；如果自己不买不做，就不能吃到咖喱饭。以前我身边也曾出现过那么一两个与上述条件正好相符的男人。其中有一个持有厨师和调酒师的资格证书，并且做菜是他的爱好。

我曾经在他家住过一夜。他的房间干净漂亮，我那乱糟糟的房间根本不能与之相比。我的夜宵，是他麻利地烤好的蛋奶酥，真是美味极了。他又在另外的房间麻利地给我铺被子，并且在枕边放上水瓶与烟灰缸……很久以前，朋友们就总是说像我这样的女人与他很般配。说他会一边上班一边料理家务，要比我会照顾家多了。

那个夜晚简直让人感到可笑。当时我的烟瘾很大，我把身体裹在浆过的被单里吸着烟，几乎忍不住想偷偷地笑，因为我觉得自己完全成了男人。所以我对睡在隔壁房间的他毫不在意。我确信，今后我们之间绝不会出现恋爱关系。由于我的心变成了男人的心，所以才不会对这个男人动心。

而且那时我明白了，给你带来方便的男人与值得你爱的男人是不同的。

当然也有少数女人能将以上两种男人合二为一。举个极端的例子来说，有的男人成为"主夫"并协助妻子工作，或者更进一步成为妻子的经纪人，而妻子也会感激对方并将爱情献给这样的丈夫。

然而，毕竟，"给自己带来方便的男人＝自己所爱的男人"的方程式对有些女人来说并不合适。特别是职业女性，使她们满意是很难的。旧丸美寿寿就是如此。她的丈夫放弃自己的工作充当她的经纪人，替她管理资产，而她最终还是嫌弃他。

我也是如此。

每当听到"林女士的丈夫看上去很温柔啊，为了你他什么都肯做吧"之类的话，我就感到很败兴。仅仅温柔、什么都做的男人怎么能使我满意呢？如果真是那样，我会更加为所欲为，一定早就对他厌烦了。

任性、固执、不听妻子话的男人——只有这种男人才有趣，才会让人心动。也许任何人都不会相信，我外出时最担心的就是他的晚饭。回家晚的时候我会把热一下就能吃的菜盛到盘子里，并且把吃法写到纸上。我还争分夺秒地在超市关门之前赶去买菜，也许职业女性都有这种经历。

为了丈夫的名誉我还要说，在我实在忙得赶不回来，提前告诉丈夫时，他会自己去外边吃饭，家里乱他也只当没看见。他好像选择了"不发牢骚，但同时自己也不干"这条路。也许有的女人认为这种男人最不可取，然而我却认为这样很好。

不洗碗，打扫房间也仅仅是在偶尔来客人时做，不洗衣服，也不愿洗澡。尽管他是一个不好侍候又很邋遢的男人，然而我却从他那里得到了许多。我们一到周末就边喝酒边闲聊。我虽然常被丈夫骂为"傻瓜"，可他却是绝对理解我的人。尽管现在他也没有读过我写的书，然而他相信我的才能，对我的未来充满信心。

这样说真是不好意思，总之，丈夫是非常爱我的。尽管我谈过几次恋爱，但还是第一次得到男人这种无条件的爱。

我也很爱丈夫，我们结婚以来一直持续着"家庭内部恋爱"，两人总是一起闲聊，一起散步，还一起驾车远足，与这种幸福感相比，

丈夫不自己烤沙丁鱼，不马上吃沙丁鱼及总是吵架之类的事已算不了什么了。

在还没有想过要结婚时，我以选一件衬衣为例，与女友谈论了择偶的标准。

质地要选上等亚麻的、领子要这样……活动胳膊时要舒适，绝不能紧紧贴在身上。

然而结婚的对象不是衬衣，是体内流动着血液的活生生的人。因为是鲜活的人，所以心灵才能沟通。并以此判断是否能与对方共同生活。

相爱之前不能附加任何条件，如此简单的道理为什么当初就没有想到呢？

尽管如此，我还是想结婚

结婚之前，我是一个邋遢、粗心的女人。当然现在也是如此，但与我以往相比可是小巫见大巫。

夏天外出归来，从门口边往室内走边脱下裙子、连裤袜，手也不洗就走进卧室，躺在床上脱下束身内衣，并把它高高地抛向空中。然后打开空调，调到强档，随手拿起刚送来的女性周刊杂志。

只穿着内衣的我，一边专心地读着明星们的绯闻，一边自语着"简单是神仙过的日子"。而这感慨之余，我不禁怀有几分焦虑与担忧，"结婚后就不能这个样子了吧？"

我的确很想结婚。自从18岁离开家之后的独自生活几乎与父母待在一起的时间一样长。我非常喜欢这种生活的自由与舒适。

读过周刊杂志之后，又随手拿起非常喜欢的推理小说，看着看着就打起瞌睡来。醒来时已经快到九点钟了，不过没关系，晚饭就用冰箱里的牛奶和饼干凑合一下吧。没有什么能比得上有趣的书。

所以我老是忍不住想"结婚之后像这种情况该怎么办好呢？"也许不管自己读书读得多么入迷，也不管自己多么累，也得站起来去厨房做饭吧。对我来说，那无疑是莫大的痛苦。

"结婚可真是一件麻烦事啊！"

尽管我叹着气这样想，可我还是非常想结婚。若问为何自己也说不清。总之我一直都认为，女人长大后就应与男人结婚，就应做

妻子、母亲。我的这种想法谈不上是什么思想、主义，但却异乎寻常地坚定，它究竟是从何而来呢？就连自己也感到不可思议。

本来在我小时候，妈妈经常对我说："真理子长大后要做一个能独立生活的女人啊，结婚并不是什么高兴的事，看看妈妈就明白了吧。"

一般说来，有不幸婚姻的女人的女儿，大多对婚姻持否定态度。然而我的想法却非常单纯，我想："妈妈是因为没遇见好男人才这样想，而我一定会与既有钱又潇洒的男人结婚。"

可以说那时的我与如今的女孩子在考虑结婚以外的出路之前，都一心向往以物质基础为前提的婚姻的想法如出一辙。虽然我出生于五十年代，却没有受到妇女解放运动与大学时代的女友们的影响。我那执著地、一心一意想结婚的愿望令女友们感到吃惊。然而我毕竟成了一名作家，这种愿望与一般人的向往又有所不同。许多女友和妈妈一样观点，她们说："为什么那么想结婚呢？结婚并不是什么高兴的事。结了婚也未必会幸福。"

照此说，什么才是永远的幸福呢？我在心里嘀咕着。再过四五十年人总要死去的，无论怎样相爱的男人，也会有令人伤心的、与他分别的时候。这些事实，我在二十岁时就已明白了。既然如此，何不在有生之年过几天幸福生活呢？暂且享受一下甜蜜的人生，能保证这一点的就是结婚。

哪怕只是短暂的一刻，哪怕是为假象所迷惑的愉快生活，只要拥有过，以后的日子即使归于平淡也没关系。

尽管我的婚姻观念是非常严肃的，但也许正因为如此才充满了轻松与单纯。我没有做什么解释，也没有和谁深入地探讨过我的想法，或许也没有那种必要。于是，我马上被戴上了"急着结婚的女孩"的帽子。

"女孩"这个名词转眼间就变成了"大龄小姐",于是就又带上了几分悲哀。

我自己常常使用这个名词,并且常常为之烦恼。为了去掉它,我想快点结一次婚。

再没有比炫耀自己招异性喜欢更让人反感的了,我也不是喜欢说这种话的人,然而确实有几名男性曾试图接近过我。因为那时我有了一点成就,所以选择男性的目标是很明确的。

首先,与普通女性所不一样的是,金钱已不是什么太大问题,倒不如说希望对方清贫一点才好。因为我更多的是要求对方具有自己所没有的才智与稳固的社会地位,所以别人向我介绍了学者及政府官员一类的人。然而最终结果他们只是成了我的普通朋友,于是我试着与其他行业的男人相处,还与其中一人互相见了对方的父母,甚至决定了婚期。

然而,我忘记了最重要的一点。结婚并不仅仅是陶醉于男性的社会地位及举行隆重的婚礼,而意味的是从此以后,两个人每天都要朝夕相处。

我就自己与某个男人的婚事向亲密的男友征求了意见,他马上说:"从现在起五十年,早晨起床时,都是他在你身边躺着,你意下如何?"他这样一问,令我无言以对。先不说可以不可以,我根本就没有想过要与他过那种生活。

婚姻生活中既有神圣的一面又有现实的一面,而其中大部分都是现实的,世俗的那一面。如何过好现实的每一天是与学历及地位没有任何关系的。尽管这些道理我都明白,可最终我还是不能放弃几点。因为我讨厌粗俗的男人,所以择偶时选择有教养、稳重的男

士。尽管对于"有教养"这一概念有各种各样的解释，但是我心目中的理想男性却始终没有出现在我的身边。传媒界容易把人变成野心家、谋略家，爱在背后说人闲话，男人因此变得爱说大话、空话。

直到现在，我也不明白与编辑结婚的女作家的心理。虽说会给工作带来一些方便，但与太了解自己工作的人一起生活，难道不会有每天都在工作的感觉吗？

我的丈夫是个除了专业书以外不读其他任何书籍的人，在我看来常识性的问题他很多都不明白。比如说即便与在日本算是家喻户晓的名人见面，他也会无动于衷，因为他根本就不知道对方是谁。

正因为如此，对于我在文学界的烦恼他也不会事事与我保持一致，而这在精神上给了我很大安慰。

"没什么大不了的，那种事，就别再多想了。"

不错，在一般人看来，那些事是微不足道的，因此他常这样开导着我。

与丈夫结婚是出乎意料的事。竟然会通过别人介绍找对象，对此最为吃惊的就是我本人。像我这样的女人，或许是最令普通工薪阶层的男性敬而远之(说排斥也许更贴切)的类型了。然而，表面看起来很普通的丈夫，却有着洒脱与幽默的内涵，而且还像我一样地粗心。

然而，他毕竟是一名工薪族。我每天都要做晚饭，第二天还要做早饭，然后目送丈夫上班。我已经不可能通宵工作了，也不再边啃面包边赶稿。

然而，令人高兴的是，由于丈夫也是一个邋遢的人，所以我能和以前一样在天热时趴在床上。尽管不再把束身内衣抛向空中，但专心阅读周刊杂志的时间没有变。

许多年轻的女性问我："结婚的得失是什么？""还能像以前那

样工作吗？"

在我回答她们的提问时，忽然想到，当然结婚会带来许多不便，然而总体上幸福的话不就可以了吗？

婚姻也好，工作也好，都是使人幸福的一种手段。为了得到幸福我们进行各种尝试，即使失败也没关系。

我最讨厌的就是经常发牢骚的女人，因为她们总是把自己选择的道路归咎于他人。有那么多不得已理由的"结婚"，实在是太可悲了！

伴侣不等于情侣

最近有一件事很让我生气。在杂志的《二人谈》栏目中，刊登了我的简历，那上面竟然写着"两年前实现了结婚的夙愿"。是否是"夙愿"是由我自己来决定的，怎么能由局外人说三道四呢？我在十分愤慨的同时，觉得有种绝望感向我袭来。关于结婚的随笔，只不过占我工作内容的一小部分。不仅仅是我，其他女作家在写作时都会涉及对婚姻的想法。以上的种种辩解都是枉然的，因为我给大家的那种印象实在太深了。尽管自己实际上已经结婚，可总还是有一些关于婚姻的话题缠绕着我。

未婚时在我心中描绘着的梦想与现实生活存在着天壤之别。编辑们看出这一点，总要我写一些对婚姻本质的看法一类的文章。尽管我也试图写一些有深度的反映人生酸甜苦辣的文章，却又不知从何入手。因为我结婚两年以来一帆风顺，每天都过着愉快的生活。

虽然夫妻之间免不了经常闹矛盾、发牢骚，可尽管如此，两人一起生活还是使我感到安慰、充实，给我带来了无比的幸福。

我这样说，一定会有人认为"像你那样的乐天派很少见"，然而我却一直在想，世界上真的有那么多对婚姻持否定态度的人吗？新闻媒体往往会不负责任地乱说，有些杂志在醒目位置上写着"女人们已经不想结婚"，而同一时期的其他杂志却大肆宣扬"女性开始渴望组建家庭"。简直令人无所适从。

"最近的女性随着社会地位的提高，变得越来越不想结婚，甚至出现了题为《"也许不结婚"综合征》之类的书"，从去年开始，我见过多次以类似的话开头的文章。然而，写了这些文章的男人们，压根儿就没读过《"也许不结婚"综合征》这本书，他们仅仅是不负责任地轻易地利用这本书作为引子。虽然这本书反映了处于婚龄期女性内心的犹豫、不安，但书中出现的女性们谁也没有肯定地说"不想结婚"、"没有结婚打算"之类的话。她们既对目前的工作十分投入，可也想有时间谈情说爱。总有一天也要结婚、生孩子，只是不知道结果会如何。用曾经流行过的话来说，她们处在一种"模糊"的状态，然而到那些作家笔下却变成了"也许不……"

　　再拿我周围的人来说，朋友中的大龄小姐们每次见面都要向对方打听"有没有合适的"。干脆地说一辈子都不想结婚，对婚姻不感兴趣的人恐怕也只有中野翠。

　　我的那些曾经是公主般高傲的女性朋友，现在会妥协说"离过婚也没关系，如果不带孩子的话，就是离过多次也没关系"。

　　"现在正全身心地投入到工作当中，还顾不上，早晚会有合适的。"只是她们没有想到"早晚"竟到了自己三十七八岁，可她们还是没有放弃希望，因为她们对自己具备了成熟女人的魅力充满信心并为自己感到骄傲。由于医学的发展，女人四十也能生孩子。虽然现在装出一副可怜的大龄小姐的样子，可是在某天她们会闪电般突然结婚并向高龄生育挑战。

　　总之，所谓的"早晚"派的婚姻是在权衡漫长的一生之后做出的决定。

　　如今，许多独身女性也有如此想法。居住在都市的25-30岁女性的独身率高达50%，她们一点儿也不为终身大事着急。她们想在工作

上全身心地投入并做出成绩，充分地享受独身生活乐趣之后再考虑婚姻问题。

我敢肯定，不想结婚的女性并没有增加，而"早晚"派，即推迟婚期的女性却在急剧增加。

然而，有时她们的这种从容也会突然被冻结。因为当她们重新留意周围时，会发现优秀的男人已荡然无存。我想仔细阅读过最近的女性杂志的人会发现，近来刊登的文章大多是关于"感情运糟糕"及"没有好男人"之类的话题。"没有好男人"——这近似于呐喊的话不知听了多少遍。现在女性心中所描绘的婚姻，与以前已大不相同，为什么男人就没注意到这一点呢？我对此感到不可思议。

我曾写过，对婚姻持全面否定态度的女性绝对没有增加。我想正是因为职业女性不断增加，正因为女人与男人一样在社会上感受到压力，所以女人需要家庭的温暖。女性需要男人，然而这里所说的男人并不是"做好饭等妻子回家"的男人，而是与自己有相同人生观及价值观的男人，也就是说是伙伴。尽管提起"伙伴"这个词仿佛是老生常谈，但是我想此时用它是再贴切不过了。尽管如此，男人们并没有意识到这一点。不，也许是装糊涂。男人对女人的要求，以往的贤妻良母型的想法还算情有可原，更过分的竟要求女人不但要有社会地位、高工资，还要温柔体贴、会做家务，实在是厚颜无耻。生活在到处都是这种男人的世界上，女人实在是不幸之至。

这样一来，我周围便常常出现三十七八岁的女人与二十多岁的男人成为情侣。因为二十多岁的男人思考问题的方式与正值盛年的三十多岁的女人刚好一致。

尽管男性的新闻媒体会一致地刁难与年少男人结婚的女人，可小柳留美子现象还是遍布大街小巷。每当我听到关于这种情侣的传闻，就高兴不已。

然而，并不是所有女人与年少男人结婚都会幸福，这也是世间的奇妙之处。

"一起生活给自己带来方便的男人未必就是所爱的男人"。这种事实会使我们大家感到愕然。与自己很默契、因长期独居而会做饭洗衣、尊重妻子的想法、让妻子一个人想去哪儿就去哪儿——这种男人的存在，与爱这种男人根本不是一回事儿。对《月牙儿面包》中的"主夫"，对埋头培育绿色蔬菜的自由撰稿人及把照料孩子当做乐趣的公务员之类的人，我看过照片后并不为之心动。我暗自想，他们远远不如我那不干任何家务、倔强任性的丈夫。不过也许他们的妻子也不喜欢我老公这样的人。

前些日子，我向一个年轻女性询问："你想与什么样的人结婚？"她立即回答说："喜欢的人。"这使我感到耳目一新，我好久没有这样的感受了。人们对"三高"（学历高、工资高、身材高）及"伴侣"之类的条件也不太感兴趣了。

与喜欢的人一起生活，与喜欢的人尽情地交谈。最近，人们似乎是忘记了这才是婚姻的最基本的东西。然而，正是因为"喜欢的人"总不出现，女人们才陷入烦恼与痛苦之中。结果女人还是彷徨于伙伴与所爱的男人之间，因此关于婚姻的争论就无休无止。

最后，请允许我以一个先行者的身份说几句，在把婚姻向后推迟的过程中，婚姻必将会永远消失。想得到时却又得不到——这种人生也是无聊的。

如今，这种男人受欢迎

我住在原宿的中心地段，一出家门就会遇见那些闲逛的帅哥。对他们匀称的身材及对服装的感觉，我只能表示惊叹。

"嗯，是挺可爱的。"由于可以一饱眼福，我对此也并不讨厌。然而，当他们领着看上去并不聪明的女孩儿步入大人去的场所时，我会感到有点生气，那时就不再去看他们。

由于经常会在每人消费两三万日元的日本餐厅及麻布的酒吧等处遇见他们，所以也就司空见惯了。有时我也会想，那些男孩子可真有耐心，也许向男人撒娇自古以来就是年轻女孩的特权……

如此宽容的我，也会有"怒从心起"的时候，那就是当我看到像我一样的中年女性与年轻男性的情侣时。

最近，每当看到周围都是这类情侣，我就会摇头叹气。男人比女人小七八岁已经理所当然，只有差一轮以上才会使人略有意外。这种情况在新闻界与服装界比较多，年轻男人正活跃在成熟女性的身旁。

也许对男人来说，与相同年龄的女性交往会感到很累，或者是年过三十的女人才有魅力。

尽管如此，最终能够结婚的还是少数。但这不再是像以前那样因女方哭着说"我比你年龄大"而分手。在现今的时代，她们并不想结婚。即使一个人生活，她们也有经济能力保障自己过得舒适。

这样一来，比起劳心费神地面对年岁相同或者比自己年龄大的男人，年龄小于自己的男人不是更轻松吗？首先，即使对方摆架子也没关系。因为对方向自己发号施令、摆丈夫架子的样子还是蛮可爱的。

令人不可思议的是，女人们开始做一些迄今为止从来没为恋人做过的事。比如说做早饭，给恋人买名牌衬衫等等，这一切实在令人吃惊。

据她们说，是不由自主地就想这么做。因为"以前的男朋友总是爱发火，而现在的比自己年龄小的男朋友要好得多，所以也不会吵架。不过，平时要哄他开心"。

对年轻男人来说，简直没有比这更好的事儿了。于是他们会渐渐地得意忘形起来，这是他们的特点。他们会满不在乎地随口说："我呀，早晚都会与年轻、活泼的女孩子结婚的……"

他们这么说还觉得很有道理，因为"她不想与我结婚，所以我提结婚的事也不会伤害她的呀！到了那一天，反正都要分手"。

话虽如此，但也不能简单地认为年龄大的女人就没有情感。虽然她们表面上说不想结婚，但纯情的程度，绝不亚于如今的年轻女孩。

我的一位朋友，也是有着年少男友的女人，前些日子不无遗憾地对我说，她的男朋友(就是那种被称为帅哥的人)竟然大言不惭地宣布着自己的价值观："我想与有钱人家的女孩儿相亲，最好不是长女，在东京没有房子可不行……"

对自己的恋人没完没了、津津乐道这种事情的男人，究竟是什么想法呢？

古代名著中所描绘的，大多是年少的男人将无限的爱与感情奉献给年长的女人。

41

　　"我并不适合你，你应该找一个更年轻的。"——男人不等女人把话说完，便会坚定地说："请相信我，跟我在一起吧！"

　　而如今，听了女人说"别把我放在心上"时，男人会马上顺势说："是，我也这么想。"

　　虽然女方表面上假装拒绝，其实是希望从男方言词背后感受到对自己的爱。男方应该明白这一点，不断向她表示自己的忠诚，直至她感动。这不正是爱情的绝妙之处吗？

　　如果对方是比自己年长的女性，无论如何也要把她爱到底，不管她有没有想结婚的意思，都要拿出"没有你我就不能活"的精神来。

　　就这样，你给予女人以梦想，对自己来说也是一个学习恋爱的机会。当分手的时期到来时，你可以说"感谢你给我带来的美好回忆"，与对方彻底分手。以后绝不要纠缠对方。向别人滔滔不绝地宣扬自己的情爱史，这简直是荒谬绝伦，要知道年长的女性与那些年少的男人相比，有着很深的阅历。

　　不明这些道理，就不要轻易与年长的女性谈恋爱，更不要因为这种恋爱方式时髦而盲目追从。

　　是的，把上年纪的女人惹火了，可不是闹着玩的。

Chapter 2____做不在乎年龄的女人

做不在乎年龄的女人

以前，曾有过"假装天真"的说法，它与现在常说的"装傻"略有不同，含有"都一把年纪了，可是……"的意思。

这是指责女人的言行与实际年龄不符，故意装成不懂事的孩子那样时而使用的词语。然而，如今这层意思，已不再使用。即使有时会用来指责女人"装傻"，却并不包括以往"都这个年纪了"这层意思。

特别是对居住在都市的自由职业女性，该如何形容她们的无拘无束呢？嗯，虽然我不想揭好朋友的老底，但每当听到"徐娘半老"这句话，总会想到中野翠。她的年龄几乎不为人所知。每当我对别人说起她的年龄时，听者差不多都会惊呼——"不可能！"

已到做年轻女儿妈妈的年龄，却总是穿印有卡通图案的T恤衫，并对印有和平符号的小装饰物着迷。她绝对不穿昂贵的衣服，或是自己动手改做旧衣服，或是在大拍卖时买来。那些衣服非常适合她，穿上去很棒，我想再也没有她那种年纪的女人（三番五次提到年龄，真是对不起）会那么适合穿白色T恤衫与长裤的了。

我一直都在观察中野翠，发现了她有关键几处与别人不同。不在乎年龄的女人与老大妈的区别，就在于是否穿平底鞋与短裤。虽然老大妈在休息日里也穿短裤，但平时大多穿长筒袜与高跟鞋。

平时穿平底鞋与短腰袜子，说明其生活方式的自由。而自由的

45

生活方式的条件又是什么呢？我最近找到答案，就是要远离学校。越是学校及举行家长会的地方，就越使女人注意自己要与年龄相符。

我有一位朋友，平常总是穿休闲服，可当她去孩子的学校时，却换上在百货店买的套装。据她说，"穿得太离谱的话，孩子会被同学嘲笑"。

据说某著名女文学家去美容院将自己特有的卷曲式发型恢复成一般发型。如果经常这样做，即使仍然穿着最新潮的服装，也会给人以老大妈般的感受。

学校是一个可怕的地方，哪怕只是沾上边儿，也会马上变成老大妈一般。请大家仔细想一想，那些一直都保持年轻漂亮的成年女性，如石田步、桃井香、藤真利子等，都是独身女性。即使是像松任谷由实那样结了婚的人，由于没有孩子不必接触学校，所以年龄仿佛停留在了二十多岁。

偶尔也有像浅野温子那样有一个孩子的漂亮女人，可她很聪明，决不与别人谈论孩子的事。

更年轻一些的美少女，则应注意远离大学。大学有着不可抗拒的力量，它把迈进这道门槛的女孩儿一下子都变成了女大学生。

我曾说过，要想成为不在乎年龄的人，无论如何都要远离学校。远离学校就不用接受那些"必须"要怎样的戒律的事情。所作所为不像个女孩也行，一举一动不符合三十岁的年龄也罢，总之可以为所欲为。然而，一般来说我行我素的女人大多给人以不稳重的感觉。在不化妆、吃天然食品的人群中，时常会有出乎意料的惊人举动，身着俗气的服装，将夹杂着白发的头发编成辫子。尽管自己认为自己不在乎年龄，但是，只会让人感到又老又丑。

抛弃了原有的，就要用别的东西来补充。那就是风格。

松任谷由实就是有着独特风格的人，所以无论何时她总是吸引着人们的注意力。说起来，风格实在是一种难以具备的东西。

然而，我可以明确告诉大家，不在乎年龄的女人都曾给社会带来强烈影响。走向社会的人，给大家留下印象最深的时刻，就是她给社会带来强烈影响之时。请允许我冒昧地以己为例，我于三十岁前发表处女作《个女无敌·快乐书》（直译《把快乐买回家》），那时给大家的印象也许一直停留在大家的记忆中。所以如今尽管我已人到中年，但大家还是时常把我当做充满活力的愉快女孩。

虽然我不断声明，我已身为人妻，已经徐娘半老，可还是无济于事。尽管这是一件值得高兴的事，但同时也是令人头痛的事。只有能忍受这一切的意志坚定的女人，才能永远成为不在乎年龄的女人。

我想再一次告诫世界上的所有女人，不要接近学校。

还有，对男人也是如此，如果不加注意，就会犯与接近学校同样的错误。他们会把女人固定在自己恋人的模式之中。有些许知识便满口说教的男人与学校一样，这种男人上了年纪后很好辨认，只是年轻时很会蛊惑人，显得像知识分子一样，是很有迷惑性的。希望大家小心，在人生道路上避开这种人。千万牢记！

天天学习，日日冒险的化妆之路

或许每人都有过这种经历，与女友一起去旅行，总会为对方的本来面貌感到吃惊。因为尽管平常很漂亮，可当她刚一揭下面膜，立刻就变成一个丑陋姑娘。

年轻时想过"干脆来个恶作剧，在她睡觉时拍张一次成像照片给男人们看看"，可到了如今的年纪，就只是为她们的化妆技巧而惊叹了。

她们在化妆上真可谓尽全力了！是啊，都是女人，有时甚至会对她们惺惺相惜。当与两位露出庐山真面目的女友洗完澡喝起啤酒时，颇有"斗士休息"的感觉，实在是惬意。

总的来说，我喜欢会化妆的女人。我不想与毫无意义地浓妆艳抹的女人及不化妆把头发编成辫子、吃天然食品的女人交朋友。会化妆的女人，发型与服装也与众不同。女人擅长化妆，正说明她十分了解自己。而了解自己，才能充满活力与自信。

我喜欢自由职业的女友们的新潮化妆，还有在美容院读到的《晚餐馆》杂志中的在外资企业做宣传工作的精英女性的眼线鲜明的化妆。我认为她们的化妆充分体现出了自己的个性。

所有女性都会认真阅读杂志中的化妆技巧部分。想使自己看上去更温柔，则选用粉红色的眼影；想使自己看上去更理智，则将眉毛描得紧凑……知道了诸如此类的内容后，大家一定都会奔走于美容用品专卖店之间。当然我也是其中一员。为了使眼睛体现出神秘感，我还买过紫色睫毛油。我还买了据说能修复面部皮肤的法国盖兰牌粉饼。

然而我却忽略了一个重要因素。化妆专栏中的模特们都很漂亮，那里所介绍的化妆技巧虽然适合她们，却不适合我。如果有一万名女性，那么就应有一万种化妆方法。

虽说"嘴大的人要慎用珍珠色，应用深色鲜明地勾勒唇线"之类的说法是正确的，但化妆师并不是对我面对面地进行指导。嘴大的程度也因人而异，千差万别，也许就有个大嘴巴的女人适合珍珠色、粉红色的唇膏。并不是杂志说的就适用于任何人。所以说化妆是一门有趣的学问。女人从十四岁第一次涂口红时起，就踏上了无尽头的学习化妆之路。到了三十岁，当终于掌握了化妆技巧之时，却又不得不学习延缓肌肤衰老的技巧。女人的一生实在是繁忙啊！总是不停地学习。

化妆这门功课在刚开始不会取得好成绩。我在刚开始化妆时就被人说过"像你那么难看地化妆，还不如不化的好"，为此我几乎想哭。现在想起来，那时简直是做了蠢事。为了让嘴唇显得小些，竟将粉底涂在嘴唇上，把嘴唇描成樱桃小口，简直就像舞女一样。眼睛总是涂上浓浓的眼影，看上去仿佛肿眼泡一般。

让眼睛大一些、让鼻梁高一些、让嘴巴小一些，我拼命地想使自己的脸变成标准型的美人脸。我忘记了世界上只有一个我，我只有一张脸，实在是愚蠢。

可是，对我们今天的女性来说，我们赶上了一个多么美好的时代啊！与以前相比，眼部化妆法并没有什么太大的变化。虽然曾流行过用假睫毛、剃眉毛，但"使眼睛显得大些"这一目的却始终未变。今后也会如此吧。无论是公元2001年，还是公元3000年，我想即使能

够出现含蓄化妆法，也不会出现"使眼睛显得小些"的高招。

因此，纵观近十年的化妆史，只有唇部化妆发生了根本变化。为了体现出女性的温柔，以前人们总是将嘴唇描得又薄又小，像我这种厚嘴唇的人，只有干着急的份儿。可如今呢，近年来世界的顶级模特都将嘴唇描得又大又厚。仿佛是流行与时代左右着人们的心，促使女性这么做似的。

此刻聪明的女性会想，"展现真实的自我才是最佳的选择，要让大家觉得自己真实的一面才最具魅力"。怎样才算是聪明女性呢？首先要有积极的生活态度，不仅对待工作如此，对自己的形象也如此。

我很喜欢聪明的女性。无论是化妆还是发型，她们总是吸取好的经验，使自己越来越漂亮。由于我也算是长年工作在"名人界"的人，所以对此体会颇深。那些开始时土里土气、不会打扮的女人逐渐变得时髦起来，这是电影《漂亮女人》都无法比拟的。

不仅仅是演艺圈，新闻界及文学界也是如此，女人们的变化速度是惊人的。

常言道，女人越是被别人注视就越会变得漂亮。这就是我所说的"名人激素"。最近，我终于弄清了这种激素出自何处。其实，所谓激素就是自身的一种感觉。当被人们关注时，会产生一种必须要变得漂亮的义务感。

尽管平时我不化妆，而且总是穿得皱皱巴巴，然而出门之前却必定来个彻底翻新。柴门富美曾教过我眼部化妆法。使用CD及资生堂的化妆品共计七种颜色，尽管花费一些时间，然而化妆结束时的满足感，仿佛完成书稿似的。每当我用这种方法化妆，我的秘书畠山小姐就会惊叹地说："林女士，这种化妆手法，可是行家才做得出的啊。"那时，我会满意地回答："是吗？"然而，我已多次说过，化妆是需要每天不断学习的。尽管已经掌握了一种适合自己的化妆方法，还是不能停止学习。

流行与人的面孔每天都在变化着，根据服装及场合的不同，要用不同方法化妆，这并不是一件容易的事。

某化妆师曾对我说："女人不去改变自己掌握的化妆技巧，将年轻时学会的化妆方法一直沿用下去，实在是不可取。"

以我为例，就是说即使上了年纪，也使用蓝色眼影及粉红色口红，把自己打扮得就像冲浪运动员一样。即使没有这么过分，但的确有人将八十年代的自然化妆技法沿用至今，有人甚至浓浓地涂着今井美树风格的鲜红口红。如果坚持认为这是个性问题的话，那我也没什么可说的。最可怕的莫过于将化浓妆视为一种"日常行为"，把那种口红与刷牙当做一回事，这实在令人担心。

我认为化妆需要天天学习，日日冒险。最近，我热衷于六十年代的化妆技法。通过学习，我明白了假睫毛与粗眼线适合活泼的年轻女孩子，用在我身上，简直就成了六十年代的幽灵。因此我将头发向外卷，涂上带有昔日气息的粉红色口红，这么一来，我认为才不会失去自我。

而现在我的衣橱里充斥着意大利及纽约品牌的服装，而自己的装扮也越来越像个有钱的阔太太，这对像我这种喜欢追求时尚的女人来说无疑是一个惊喜。

女人往往不可思议，尽管努力追求着自然、理性的化妆，可某天会突然对人为的美及金发碧眼的芭比娃娃那样的装束发生兴趣。为了应付这种心血来潮，平时要多读一些化妆方面的书，一定要好好学习呀！

化妆技巧也要牢牢地掌握才是，因为不一定什么时候就会派上用场。

令人骄傲的化妆学习

面对泽口靖子，有时我会觉得可惜。对如此亮丽的人说这种话，真有点胆大妄为了。但我还是想起了"过犹不及"这句话。

容貌如此完美无缺，岂不是少了一份创造自我的乐趣？并且就现代而言，她的容貌仿佛还带有一种俗气的感觉。

女孩子们为什么那样仰慕松任谷由实呢？就是因为她与她的脸有一种感染人的魅力。老实说，她并不漂亮，甚至连她本人也说自己相貌平平。

然而，她的脸却非常适合化妆，而她也非常会化妆。她的身材也很匀称，适合穿各种衣服。如果要在萝卜腿的丰满美人(不是指泽口小姐)和具有模特身材的普通相貌的女人二者当中选择一个，我想大多数会打扮的女孩子都会选择后者。因为她们明白这样划算。

把自己的脸当成素材，对其进行加工，向大家展示现代感与创造性——松任谷由实正是这样给大家做了示范。

不仅仅是泽口小姐，女演员们之所以给人以俗气的感觉，我想是因为她们的脸过于完美，不能再做变动的缘故。虽然也有像　口可南子那样凝练大方的现代美人，但与其说她是演员，倒不如说她更像个模特。

如果将女演员比作做工精细的意大利套装，那么普通女孩子就是各种单件的制品，她们只有通过努力用自己锤炼的对美的感觉来为自己增光添彩。

虽说原宿有许多尚处于学习化妆"初级阶段"的女孩子，但也有许多会打扮的。住在原宿的我，常常被她们所感染，有时甚至在人行横道中驻足观赏。

比方说刚才与我擦肩而过，身穿带有PRADA品牌味道长裤套装的女孩，如果在乡下的话恐怕只是个不起眼的女孩子。而她正是通过在东京的努力奋斗，学会了打扮自己，使自己成为一个可爱的女孩子。

我心中不禁涌起无限感慨。

与长头发、高跟鞋之类单一模式的美人相比，我更喜欢这种女孩子。即使卸妆后又归于平淡，但这又算得了什么呢？擅长化妆是一种了不起的才能，是一生的财产。如果有的男人说了什么，你可这样回敬他："老虎也有打盹的时候，你有机会看到，是你的福分。"

虽然我在家中不化妆，但外出时总是要好好地打扮一番。丈夫常为我容貌的变化而感到惊讶，我自己也对此非常满意。

涂上眼影、口红之后，我的表情立刻变得生动起来。也许女人都是如此，我也很喜欢这一瞬间。

长期以来，真是与这张脸同甘共苦啊！多少年来有喜有忧，时而无比自卑，时而被恋人吹捧得飘飘然，充满自信。

我想现在我之所以具有一颗平常心，就是因为掌握了化妆技巧。也许有人看法不同，但我认为自己比较擅长化妆。

虽然我不是演艺界人士，但却有很多专业化妆师为我化妆的机会。那时，我会不断提问，向对方请教化妆知识。

我永远忘不了有生以来首次请专业化妆师为我化妆时的情景。在此之前，我很讨厌自己那又厚又大的嘴唇。百货店化妆品专柜的

女服务员们对我说："要将嘴唇全部涂上粉底霜，然后用不显眼的颜色勾勒出比唇形小的嘴唇。"我长期以来就是这样化妆，感到自己很惨。然而，专业化妆师却用鲜红色唇膏将我的嘴唇涂得很大。令人不可思议的是，我那令人大伤脑筋的嘴唇立刻变得别具魅力，仿佛在那里宣告尽管我又大又厚，可那又怎样呢？专业化妆师使我明白了这正是我的独特之处。

下面就来说说我在化妆方面的几点心得体会：

一、要对粉底霜进行深入研究。

如果专业化妆师用在化妆上的时间为两小时，而用在粉底上的时间则为一小时二十五分。现在我用的是Estee Lauder牌的液状粉底，这可是浅野温子的专门化妆师向我推荐的。

二、在工具上下功夫。

仅仅使用化妆品附带的用具最不可取。我分别使用着几支SYU－U·HEMHRA牌子的化妆笔。一边回忆着学生时代上美术课的情景，一边化妆，这是只有女性才有的乐趣。

三、与女友们的旅行可迅速提高化妆技巧。

昂贵的化妆品并非可以说买就买。女人们的旅行可以说是一次化妆品的试用会与评论会，实在是令人愉快。还可以向擅长化妆的人请教许多。

化妆是多么有趣、多么伟大啊！

我敢肯定，化妆与时代挽救了很多女性。

努力创造美其乐无穷

几乎没有什么进步。也许是到了年纪，唯一被大家称赞的皮肤也失去了光泽。由于每天工作过度，还出现了许多细细的皱纹。那么减肥呢？请不要再问了。结婚以来我胖了近八公斤。好容易觉得瘦了一点，可立刻又变回去了，就是这样反反复复的。可不是嘛，虽说我理想远大，却没有丝毫长进。为此，我曾一度很悲观。然而最近遇到我的人却都说"林女士，你瘦了许多啊"、"林女士最近变漂亮了"之类的话。

不错，这是因为我矫正了牙齿。从很久以前我就一直被嘴损的异性朋友说成"脸的'下身'丑陋无比"。这是因为，虽然我的眼睛大大的还不算难看，但突出的牙齿却破坏了面部整体形象。四年前，当我在一家牙科诊所洗牙时，医生对我说："像你这样的牙齿，会随着年龄的增加不断前移，最终会闭不上嘴。"接受医生的建议，我决定矫正牙齿。然而，齿列矫正却出乎意料地难。正如大家所知，要用钢丝将牙齿固定位置。开始，我自己也感到新奇，总是向周围的人"唉，你瞧，你瞧"地显示着。可时间一久，烦恼就来了。不能张开嘴笑，和人说话也别扭，还不得不拒绝在电视中露面，甚至连刷牙也要下一番工夫。

而且，由于矫正的需要拔掉了牙。恰恰在此时突然决定结婚，实在是对不住丈夫。为什么这么说呢？因为除了出门之外，都要在

脑袋上安装一种固定装置。这是用类似于发带的东西将脑袋固定，依靠橡皮筋的力量猛拉牙齿的装置。有一个星期天，当我戴着这种装置与丈夫看电视时，被来访的朋友撞见，朋友惊呆了，大声吼叫着说："你们是受虐狂施虐狂夫妻吗？"实在是滑稽。此时，善良的丈夫会说："我的侄女也一直这样，我已经看惯了。"而我却在想："治好了牙，也许像医生说的那样，我会变得非常美丽。蛹变成蝴蝶，如果出现一个美男子向我求爱，那该怎么办？"你瞧，我是个多么糟糕的妻子啊！

就这样，我完全习惯了历时三年的齿列矫正，当我认为矫正装置已是我身体不可缺少的一部分时，终于到了可以摘掉矫正装置的时候。回想起来，这段时间是漫长的。虽然我并没变成牙科医生所说的"大美人"，但与以前相比嘴形变得好多了。而且，由于嘴巴被拉向后方，鼻子(看上去)也意想不到地变高了。

看着自己每天都在发生变化的脸是一件有趣的事，它会使人愉快。虽然我并不怎么反感整容手术，但我认为接受手术的人由于缺少这份乐趣而显得可怜。因为未经丝毫努力就得到的"漂亮"没有意思，你不这么认为吗？

在我做广告撰稿员工作时，曾为一家小型化妆品公司写过这样的广告词："脸蛋是我的花圃。"由于在此之前有过大型化妆品厂家的"肌肤是我的作品"的广告词，所以我的作品因有模仿之嫌而未被采用。然而，我却非常喜欢这句话。早晚花费些时间，听到哪个厂家有上好的肥料(护肤霜)就跑去买，听说有机栽培(天然化妆品)效果好就立即尝试。然后等待着从我的花圃中不知不觉地生长出美丽的花朵来。花圃就是脸，当然也可以说是身体。如今的社会，是根据相貌和身材的综合因素来评价人的，这难道不是一个美好的时代吗？

假如面部个性太强就从身材方面下功夫。假如腿太粗那就应该致力于化妆与护肤。

由于长期扮演"女性"这一角色，所以我敢断定，"内在美胜于外表美"的论调纯属一派胡言！那是过去为了安慰不漂亮的女孩子而编造的谎话。人们看不见盒子里面的东西，理所当然地会把手伸向包装得漂亮的盒子。所以，没有如何包装好自己的想象力是绝对不行的。

总之，我很喜欢努力获取美貌的女孩子。每逢洗浴就按摩肌肤，用研磨膏仔细按摩脚跟之后涂上护肤霜。仔细地修剪指甲，然后涂上流行色彩的指甲油。我相信，在这一创造出属于自己的花圃的片刻，女孩子的内心也会发生变化。

还有，自卑感会使女孩子变得丑陋，这一点可一定要注意。自己若想大受欢迎，就不要有丝毫的谦虚。我明确地告诉大家，就如以作家自居便会成为作家一样，以美人自居的人也会吃得开，世间就是如此不可思议。

我周围就有很多这种女人。

"我很美呀！因为我是个美人，所以请多关照。"——这种压倒一切的气势模糊了人们的视觉，大家已经分辨不出其中的一切。对她那古怪的化妆与服饰，人们也认为"或许这就是美"。她能如此使人信服，实在了不起。这种类型的女人以名人及文化人居多，而我却远不如她们咄咄逼人。

这是靠强烈的意志以改变周围评价的例子。尽管我也想成为那种类型的人，但却因为天性怯懦，最终也没能制造出那种气氛。

然而，我却可以把我的美容术教给大家（也许派不上什么用场）。由于节食瘦身术还处于研究阶段，这一点留在以后说。

一、无论如何都要保证睡眠。

如果长期睡眠不足，那么到了像我这种年纪，就会与别人出现差距。所以无论编辑怎么逼要稿件，我都要保证足够的睡眠时间。

二、用冷水洗脸。

用热水洗脸之后，再用冷水不停地冲洗数十次。这样可使肌肤恢复弹力。

三、最好去做美容。

尽管泡沫经济崩溃后，美容院的客源大大减少，但常去做美容，会给精神带来很大安慰。我把美容时间当做睡眠时间，在那里总是睡得很香。而且，做美容时还能向行家学习各种保养方法。

四、认真进行面膜美容法。

我很喜欢面膜美容法。为了体验那种快感，我不使用冲洗型的，而使用Cose牌子的剥离型。听说那样才会使毛孔张开，有益于皮肤……

还有很多方法，在此就不一一介绍了。女人都会有自己的美容术及自己喜爱的化妆品。而且这种想法和努力与将来的幸福有很大关系。

还有一点非常重要，那就是要树立一个目标，而且目标越小越好。虽然没有人想使自身发生巨大变化，成为女演员、模特，但是大多数的女孩子只会笼统地想"我想变漂亮，想改变自我"，这很容易受到挫折。而像出席朋友的婚礼、参加工作、升学等也难以产生巨大的动力。因此，要努力使自己发生奇迹般地变化，并充分体现出自己的魅力，最好的办法就是与男人旅行了。我曾经为了与他在世界上的某都市再次相会，是那样拼命地蹬着自行车，往返于自己家与美容院之间。那时，我竟然瘦了十公斤，皮肤也变得光滑起来……久别重逢后，他竟然认不出我了。

　　啊，这样炫耀以往的光荣历史可不行。我必须为了现在的丈夫努力去做。脸已经瘦下来了，如果体重能够减轻的话，一定会发生相当大的变化。

　　我实在是了不起。每天都在孜孜不倦地追求着美丽。

以松任谷由实为榜样

　　提起化妆漂亮的女性，首先我会想到松任谷由实。

　　首先，她的身材适合穿各种礼服，她本人也曾说过，小而端正的五官通过化妆可以随意变化。再就是她那细腻光滑的皮肤……我认为由实才是真正的内在美与外表美兼备的现代美人。

　　的确，这并不是好胜还是什么其他原因，然而我已不会再去羡慕旧式类型的美人。所谓旧式，是在我们学生时代，曾经大批出现的"青春痘"美人。她们都有着大眼睛、高鼻梁，尽管她们照相时特别抢眼，但是皮肤却非常糟糕，实在是不可思议。她们几乎都是浅黑色皮肤并且毛孔粗大，粉刺及脸上的疙瘩引人注目。她们还有一个特点，那就是服装体现不出美感，其概率接近百分之百。可以说她们是"半瓶子醋"美人。

　　然而，现在翻开任何一本时装杂志都会明白，"美人"都是一些带有可塑性的人。就像一块雪白的画布，外形固然重要，而最关键的，是画布质地的优劣。人们常说"一白遮百丑"。按新的理解方式，"皮肤白"可以换言为"皮肤漂亮"。有一种皮肤，无论怎样晒，仍然是光滑的蜂蜜色。

　　刚开始化妆时，往往会向往大眼睛、高鼻梁。然而，时间久了就会明白，利用眼线及口红总可以弥补面部零件的缺欠。最近，倒不如说双眼皮的大眼睛反而显得俗气。与其相比，适合液体眼线的东方式眼睛更受欢迎。

有人曾向一百名女孩子提问："身材匀称的东方式面孔与有漂亮面孔的粗壮型，两者之中你选择哪一个？"结果大多数女孩子都选择了身材匀称的东方式面孔。

既然是东方面孔，自然也包括美丽的橄榄色皮肤。会穿衣打扮的女孩子，都会特别注意这一点。

无论怎样化妆，如果皮肤不好的话，一切都无济于事。没有什么比漂亮的皮肤更能体现出清洁感与气质的了。

也许有人会问，皮肤与气质有什么关系呢？其实关系很大。皮肤能够体现出女孩子生活中的一切。我并不是在说夜生活不好。如果能够保持愉快心情，那么对保养皮肤也是有好处的。包括夜生活在内，只有对自己的日常生活严加管理，才会有美丽的皮肤。

另外，必须注意饮食。放开肚皮吃喜欢的东西——这种不检点的行为，只会使面部生出更多粉刺。要把皮肤当做自己的花圃，对它进行细心呵护。

当你长大成人，身体机能逐渐衰退时，还要确保每月去几次美容院的经济实力。我有言在先，不要依靠丈夫。这是非常奢侈的行为，应使用自己的钱。中年女性的美丽肌肤，也可以说是自立的证明。请大家务必创造永葆肌肤美丽的历史。不错，就以由实为榜样。

雍容华贵的日本式护肤

　　去久违了的京都游玩，叫了舞女前来助兴。有一位十九岁的舞女皮肤光滑，与涂得雪白的脸很相称。当我问"你用什么护肤品"时，她回答说："化这种妆时，还要使用市面上买不到的各种各样的……"接下来便含糊其辞。我想她一定是用京都特有的秘传护肤品。回去的途中，我立刻到杂货铺买了护肤面纸。面纸上印着"舞女专用品"。虽然我觉得自己很浅薄，但那护肤纸用起来感觉非常好。

　　那是两年前的事了。去金泽旅行的时候，我走进了制作金箔的老铺子。那时收到的礼物，是特制的护肤面纸。据说将黄金拉成薄片时使用的日本纸具有很好的吸油性，能使皮肤变漂亮。虽然说这是废物再利用，但这护肤面纸意外地好用。只要将它轻轻贴在鼻头或额头上，就能除掉油分。市面上出售的各种护肤面纸根本不能与其相比。从这一刻起，我感到日本式护肤确实不容忽视。

　　由于工作关系，我与艺伎接触的机会很多。招待客人时常常会请来艺伎。特别令我吃惊的是那些老艺伎们。分明早就过了六七十岁，皮肤却富有光泽。虽然可以说这是她们工作的需要，但我想其中还是有什么诀窍。

　　有一位年近七十的艺伎说："我从小时候起就不用香皂之类的东西。"尽管她脸上稍有皱纹，但皮肤却透明般的洁白细腻。她还说："一直都用鸡蛋黄洗身体，战争期间即使挨饿也要用蛋黄洗脸。"听了这些话，我感到非常有趣，于是决定尝试一下日本式护肤。如果把市面上的护肤品看成是西洋医学，那么日本式护肤就是东洋医学，就是诸如气功、针灸之类的东西。至于它的效果，我总觉得很大程度上取决于心理作用。尽管不能很快见效，但也没有副作用，逐渐生效这一点也与气功、针灸相似。

说来，在并不宽裕的年轻时代，我曾热衷于日本式护肤。一位朋友变得非常漂亮，令人大吃一惊，后来听她说一直使用妈妈亲手制作的丝瓜护肤水。她说："用自制的护肤水就不能用粉底霜了，因为那会妨碍皮肤呼吸。"

日本式护肤的排他性、克制性也与东洋医学相似。以后，我曾用过莲花水、鲨鱼油及蜂王浆等物，至今仍然遇见黄莺粪就买下来。很多女孩子认为这根本不可能，然而从前使用黄莺粪护肤被认为是变成美人的捷径。事实上，现在已弄清黄莺粪中含有丰富的酶。据说从前的女人们，与饲养黄莺的好事者(当时有许多)签订合同，购买笼中的黄莺粪。

我的奶奶也曾在洗澡时用加入黄莺粪的米糠擦洗身体。在我的记忆中，丝毫没有肮脏的感觉，相反倒觉得很有情调。对了，红糖香皂也曾是她的一种重要护肤品，年幼的我曾因在浴室里舔它而常遭训斥。提起红糖香皂与黄莺粪，心中不禁涌起甜蜜的回忆。

然而，假如被问及以前的人与现代的年轻女性相比谁更漂亮，我认为还是现代女性漂亮。这是毫无疑问的。大家看看妈妈以前的影集就会明白。与妈妈合影的女同学们大多是胖胖的没有线条，脸上的粉刺也很多。

而且，以前只要五官端正并且皮肤好，就可以被称为美人。而现代的女孩子仅仅具备这些条件是不够的。首先，她们要有一副好

63

身材，还要具备审美能力。她们还必须聪明，有丰富的话题，还要善于与男人交往。现代美人实在是繁忙啊！

尽管如此，我还是希望大家尝试一下日本式护肤，因为它会使你逐渐成为"雍容华贵的美人"。当今社会，人们总是匆匆地洗脸，然后随手涂上润肤霜，任何事都是怎么方便就怎么做。然而，以前的女人们总是细心地用米糠擦洗脚跟、耳朵后面等部位。穿和服时代的人们重视这些细节。哪怕是仅仅理解这种精神，也能体会出日本式护肤的效果。这与市面上出售的品牌护肤品一样，只要适合自己，就会产生意想不到的效果。

而且，这种组合不是也很有趣吗？使用米糠，将红糖香皂搓得起泡，然后再添加少量黄莺粪……

我认为，如今的护肤品所缺乏的，正是如此充满魅力的东西。

成为最会穿和服的人

我为和服而着迷。

我终于明白了大人们以前常对我说的"不要穿和服"的含义。穿和服既花钱又需要时间。由于柜子不够用，家里的和服堆到了钢琴上。丈夫为此而生气："你还是适可而止吧！"尽管如此，我还是不肯放弃，实在没有办法。为了成为更加适合穿和服的女人，我又开始学习茶道与日本舞蹈。和服促使我这个懒虫拼命地进行各种训练。

回想起来，我穿过多种多样的洋装。也有过把工资全部用于购置洋装的时期。我甚至还在巴黎定做过香奈儿牌子的高级服装(为了试衣服，曾再次飞往巴黎)，还定做过参加维也纳舞会的晚礼服……

然而，任何晚礼服都比不上穿和服的乐趣。

礼服一脱下，又会变成以往的土气姑娘。将礼服放进箱子里时，愉快的回忆与感激之心也随之消失。而和服，从将它包好的那一刻起，新的故事又将开始。

下次在什么场合穿呢？

下次配一条什么样的腰带呢？

下次用类似颜色的碎花图案的布做一条？

同时出现这么多"下次"，几乎使人无暇喘息，做了一件又要做第二件，想要正装又想要便装，下次又想要腰带……嗯，对和服的追求实在是永无止境的。它使人身陷其中，欲罢不能。

如今的时代，人们都认为只有在正式场合才穿和服。出席朋友的婚礼当然要穿长袖和服，而穿和服参加普通的晚会更会使大家高兴。

和服有着"等级"之说，就是按照尊贵豪华的程度可将它划分成几类。而年轻漂亮的女孩子，可以不穿会客和服，穿普通的碎花和服就足够了。

然而，在此却出现了一个问题。最近的女孩子，似乎不适应和服的华丽色彩。

因此，最近流行的都是些有西装感的刺眼的单一色调，或者是过于朴素色调的和服。我认为这种和服体现不出肌肤的美，穿起来真是得不偿失。然而，当今社会流行朴素色调，越是年轻人越是喜欢深色，赶时髦的女孩子全都穿黑色或灰色的和服。

所以，我想向大家推荐"江户碎花"式样中的"鲨鱼碎花"和服。尽管"碎花"是"等级"不怎么高的普通便装和服，但"江户碎花"中的一部分却例外。因为从前武士的衣装采用这种图案，所以大家对它另眼相待。只要加上家徽图案，这种和服就可成为简便礼服，在一些较为正式的场合也可穿。而且这种"鲨鱼碎花"和服还有一个优点，那就是近距离时可看到重叠的鲨鱼鳞状花纹，而远看时却是素色，因此可以与不同的腰带搭配使用。

黑灰色是大家所熟悉的连衣裙及毛衣常见的颜色。以与裙子相搭配、以系大纱巾的感觉来选择腰带，像选择身上饰物那样来挑选腰带衬垫与腰带绦带。

以上都是和服所带来的乐趣，一接触它你就一定会被迷住。

当然，也可以选择古典式的上好腰带与之组合，假设今天将去参加晚会，就决定配一条油画般感觉的腰带。虽说这是一条涂着黑漆的非常考究的腰带，可是价格却不算贵。这就看谁聪明了。

尽管我不能成为最会穿西装的人，但却觉得自己能成为最会穿和服的人，您怎么认为呢？好歹也要在这最后阶段争得"好女人"的称号啊。

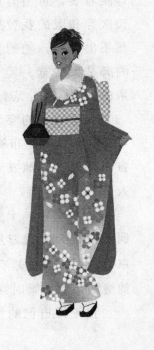

穿和服的"餐前酒"

我第一次穿和服，是举行成人仪式时，穿的是很普通的长袖和服。那时，我每天都与母亲及住在隔壁的表姐一起去百货店，反反复复地挑选着。我还曾向回到家的父亲高兴地抱怨："与和服配套的东西也需要很多钱，可是不买又不行。"

然而，成人仪式那天，我母亲犯了一个大错误。本来应该去美容院着装，可当时正在学习着装技巧的表姐说由她来给我穿。当时初次穿和服的我曾想她可是刚开始穿和服，连腰带也系不好的。果然不出所料，她的着装技巧很不高明，而且布袜的号码也不对。我的脚又大又宽，尺寸为三十八九码。本来应选好合适的布袜，但母亲由于忙碌完全忘记了此事。

由于现有的穿不进去，于是匆忙去买了一双男用小号的。穿着浆过的不合脚的布袜，实在是难受。身着盛装的兴头儿早就被冲淡，自己只是一味地发着牢骚。我至今还记得家里人斥责我是"真不招人爱的孩子"。

从那以后，十多年来一直过着与和服无缘的生活。然而，一次偶然的机会，我忽然对和服产生了浓厚的兴趣。起因是我交了一个京都的朋友。他是有着数百年历史的西阵①的年轻店主。自从我拜托他缝制弟弟结婚时穿的华丽会客和服时起，我就被和服迷住了。

我觉得自己的举止随便，与身上的和服不相称，于是便开始学

① 纺织物集中地。——译者注

习茶道与日本舞蹈。我还经常阅读关于和服方面的书籍。尽管如此，我却并不感到自豪。因为我没有对和服的审美能力，又不具备能够体现出和服美感的漂亮脸型与身材。而且有关和服方面的知识及经验也只是比初学者稍稍强些。

然而，有一点我可以引以为荣，那就是我时刻都保持着谦虚的态度。无论我如何喜欢和服，都不可能比得上天天穿和服的专业级的人士。在她们面前，我只有虚心请教。

我有几位可以称作"和服老师"的朋友，遇到问题我总是详细地向她们请教。和服着装有详细规则，有人认为麻烦，有人觉得有趣，而我属于后者。为了更好地用身心去体会与表现日本的四季，穿着规则多多是必然的。

喜欢和服的年轻人当中，有许多人只能说是自以为是。她们穿的和服令人吃惊。有的元旦时穿印有菊花图案的和服，有的喜欢奇特的华丽衣领。如果是初次接触和服的人还情有可原，可她们都是拥有多套和服的人。

"她们要是来向我咨询一下就好了。"被我尊为名师的精通和服的朋友曾惊讶地说，"那样一来岂不是失去了穿和服的意义吗？在这一方面林女士要比她们虚心多了，这正是你的长处。"

真是一种非同寻常的表扬方式。由于我知道自己水平有限，所以不去卖弄一些小技巧。我总是用白色衬领，不追求新奇的和服。我认为穿和服最重要的就是整洁、合身。在穿和服外出的前一天，我一定会打电话向老师征求意见。尽管我没再出现以前那样的重大失误，但还是常常搞不清腰带与和服如何搭配及和服的"等级"。

"老师，因为正值节令，所以我想穿梅花图案的会客和服并配上那条黑色蜀江华文的腰带，您看如何？"

　　"参加晚会使用那条腰带会显得过于郑重，还是选一条随便些的吧。黑色腰带……对了，不是有一条素色纺织锦的吗？"

　　她对我的和服可以说是了如指掌。我觉得没有比这"服装咨询"更有趣的事了。到了像我这种年纪还要别人来指点，并不是什么令人高兴的事，因此其他的咨询最后经常翻脸。然而，穿和服却不一样。我会向别人提出各种问题，接受各种建议。这也许可以说是穿和服的"餐前酒"。不懂得和服的乐趣，总是过于自信地凭感觉选择和服，事后又很快厌倦的年轻姑娘们，实在令人遗憾。

夏季才要穿和服

最近两三年，我一直提倡"夏季才要穿和服"。

当然夏天很热，阳光耀眼，汗流不止。也许大家心里纳闷，为什么冬天都不穿的和服，偏偏选在夏天穿呢？然而，这正是我的用意所在。夏天很少有人穿和服，至于年轻女孩子就更没人问津了，因而此时穿和服就显得更加别有韵味。

虽说有让老大妈们看不惯的不分场合乱穿浴衣一样的和服的女孩，但是却看不到规规矩矩地穿着和服的女孩子。因此穿上和服一定会引人注目，一定会很漂亮。

前不久去看歌剧时，看见一个年轻苗条系着发带的女孩子身穿粉红色的单和服。其中尽管有许多身着礼服、套装的女孩子，但大家都把目光集中到她身上。夏天穿和服，的确会使自己变得更加漂亮。

夏季和服面料除了有透明的丝绸、亚麻及芭蕉布①之外，还有纸、香蕉树皮织成的布等，实在是有趣。而且与其他季节的面料相比价格也便宜，还有许多化纤制品可以水洗。

在我夏季穿的和服当中，最喜欢的一件就是用在冲绳石垣岛买来的八重山上等麻布做的和服。尽管织成各种图案的上等麻布身价不断提高，但八重山上等麻布却没那么昂贵。

再就是在京都的村田买来的格子图案和服。它使用的是叫做小千谷绉纱的透明面料，穿在身上有连衣裙般的感觉，非常漂亮。

① 用芭蕉的茎纤维织成的布，为冲绳特产。——译者注

71

　　在去巴塞罗那采访奥运会时，我曾多次穿着这件和服参加晚会。在国外穿和服，一般会使人手足无措，但穿像这种华丽图案的和服，并不感到怎么紧张。

　　这类的夏季和服不但看起来给人以凉爽的感觉，而且穿上后还显得举止端庄，最主要的是漂亮。夏季穿和服有一件东西缺之不可，那就是阳伞。提起阳伞，或许有人认为那是老年人才用的东西，而事实上，最近不想被晒黑的女性逐渐增加，阳伞又开始为人们所青睐。

　　有种阳伞是涂着漆的纸或丝绸做成的，尽管现在很少有人使用，但在江户时代却是广为流行的必备品。如今，在歌舞伎表演中这种伞仍然使用着。

　　不知不觉之中，人们开始将西式阳伞称为遮阳伞，听说这种称谓甚至成了追赶时髦的代名词。请听这样的对话："一位夫人说：过去的歌中不是有'如果薪水能增加，我想买把遮阳伞'吗？""还有呢，森欧外的小说《雁》中曾写道'男人给妻子和情人买了相同的遮阳伞'。"

　　可以说，用于遮挡阳光的白色的伞，的确曾使许多女性为之心动。有这样一句话："夜里看、远处看、伞下看"[①]。这里说的伞，大概并非指雨伞而是阳伞吧。由于阳光被遮挡住，起到了像摄影时那种特殊的照明效果，所以人看起来就会比平常漂亮。

　　顺便提一下，穿浴衣打阳伞，是绝不可以做的事。因为浴衣本来是太阳落山后，洗完澡在家的附近活动时穿的。而近来，一些违反常规的事充斥着世间。我们常常会在街上看到身穿浴衣的女孩子。说实在的，原色棉布与夏天的阳光并不和谐，只会给人以沉闷感。炎热的夏季，还是穿些透明面料的和服并配以遮阳伞为好。

　　　　① 女人比实际看上去要漂亮的三种情形。——译者注

真正的夏天即将来临，正因为如此，和服的种类也会变得丰富。

冲绳的宫古上等麻布及新潟的越后上等麻布，还有丝织品，穿着这些面料的和服去参加晚会，多么令人开心啊！

对夏季的和服，褒奖与称赞不断，这使人感到惊喜。真希望大家来试一下。

和服现象

我获得了京都市的"古莱斯"奖这一殊荣。这是为和服文化的发展及和服普及做出贡献的人所设立的奖项，可我却感到受之有愧。因为迄今为止，获得这一殊荣的人都是岩下志麻、泽口靖子之类的著名女演员。

有些记者不怀好意地问："为什么这次选林女士呢？"其理由我的确毫无所知。但获奖的女演员却并非如此，因为大多数演艺界人士都有绸缎商作后盾。

也就是说绸缎商让著名女演员穿着自己经销的和服去参加晚会或是接受采访。

在这一点上，我与女演员们就不一样了。我的和服全部是由自己出钱买的。我努力地工作，然后为自己买一两件和服。我写关于和服的随笔，是为了让生活在现代社会的女性懂得穿和服的乐趣。

我曾说自己是"搭配不当之妙"，但别人这么说我可要生气。

下面，我说一说颁奖仪式上穿的樱花图案的和服。这是专门为出席颁奖仪式而定做的，和服和腰带都是樱花图案，连长衬衣也是粉红色小樱花图案。因为对和服来说，微小的细节都会影响整体，所以各个部分都不能偷工减料。里面穿的长衬衣也是如此。如果认为那不过是内衣而已，可就大错特错了。当大家看到露在衣袖外的颜色与图案时，就会说穿的人有品味。

因为和服是樱花图案，所以长衬衣也要选用小樱花图案，这样才能统一。樱花图案采用起来非常困难，搭配不当的话反而会显得俗气。

据说，选择和服花样的关键是"抢先一步"。内行的穿法是赶在时令的花盛开之前，樱花图案最为讲究，要在花开三分或五分之前才能穿，盛开时穿就不好了。这是因为人与盛开的花争奇斗艳是很不明智的事。这样算来，在东京可以穿樱花图案和服的时间大约是三月份。过了三月份，就应该注意樱花开花的情况了。穿着樱花图案的和服就是要这样巧妙缜密。

有人会说，真是愚蠢极了，与其把心思放在那儿，还不如多在西装上下功夫。我想这些人永远不会明白穿和服的乐趣。虽然和服既花钱又费时间，但它会给人带来穿西装所体会不到的如醉如痴的感觉。

尽管我对和服既不内行又没什么见识，但作为一名爱好者，我可以发表自己的各种见解。我终于明白，穿和服时最重要的是谦虚的态度。首先要知道自己一无所知，然后向行家虚心请教，这是非常重要的。有人凭着一知半解的审美常识按自己的那一套穿和服，这是不可取的。和服有着长期以来逐渐形成的色彩感与规则，不遵循这些终归不行。

充分发挥个性打破常规做事固然可取，但成为行家之后再那样做也不迟。而且我想郑重地告诉大家，和服的奇妙之处在于于古典之中体现出了现代，传统的浅黄及黑红色彩也会给人以新鲜的感觉。不必随西装的流行趋势选择和服色彩，也不必一味地配戴耳钉、项链等装饰品。因为即使不这么做，同样能充分体现出个性与新鲜感。

其实年轻女性穿和服本身，就是一件绝佳的新鲜事，因此大可

不必再做一些离奇古怪的文章。我想，可能的话还是别再穿那些所谓的"新潮和服"为好。与其去买那些颜色刺眼、大玫瑰及大蝴蝶图案的和服，还不如用同样的钱去买规规矩矩的友禅绸和服。

仔细找一找，一定会发现亲戚或邻居当中有喜欢和服的婶婶、阿姨。如果没有就到绸缎商那儿做客，即使什么都不买也没关系。这种地方，去看一看你就会明白，并不是说客流不断，而是平时根本见不到人影，以至于人们会想，他们靠什么生存？因此，在空闲时，他们欢迎年轻女性去参观参观。不过，当有钱的主顾到来时，一定要有礼貌地离开，万万不可影响人家的生意。对绸缎商来说，独身女性也有可能成为他们的主顾，因为女人出嫁时要穿和服，所以他们会热情招待你的。久而久之，他们记住你，空闲时会请你喝茶，并教给你关于和服的各种知识，这是令人愉快的事。还有，绸缎商店的女主人或掌柜可以说是和服方面的活字典，与年轻店员相比，他们有着丰富的和服知识。听他们讲述，也可以悟出穿和服的真谛。

如果不买和服你感到过意不去，那么在发奖金时买一件碎花和服就可以了。如果是学生，可以恳求父母(向男朋友要不太好)买一件。这时你会发现，对于你的请求，父母会出乎意料地高兴。特别是父亲会更高兴。因为对男人来说，买和服送给女儿会使他心生感慨。

和服这东西，总是不断地引发各种不同的现象。你也来试一试吧！

逛绸缎店的乐趣

最近，我深深地体会到，穿和服即是出丑。前几天就曾因腰带松动而在宾馆的厕所内哭过鼻子。还有一次，有人说我所穿的大岛绸和服的颜色与腰带搭配不当。

因为刚刚勉强获得了和服大奖，所以成了各方关注的焦点。今后再也不能毫无顾忌地穿和服了。就拿今天来说，本来打算穿碎花和服去歌舞伎剧场，可却担心那儿的老演员对自己的评价，于是便决定穿西装前往。我的和服老师对我说："像你这样可不行，只有不间断地穿和服，不断地出丑才能进步。"不知是否真的如此。

不管怎么说，我还是一如既往地购买和服。以为穿着技巧提高的那一天做准备为由，最近，我把目光转向了编织、碎花之类的普通和服。身穿和服当然会使人产生满足感，但我认为选购和服也同样是一种乐趣。购买和服竟然如此使人愉快，这是购买其他服装所体会不到的。即使购买香奈儿及阿玛尼之类的知名品牌，也不能使人如此心动。当我购买一件和服时，为了给它配一条腰带及其他装饰物，我会兴奋地忙碌一个星期。就是说，在穿它之前就已兴奋不已。

当我说这番话时，年轻的朋友们可能会起哄："因为林女士有钱才能这样做……"可事实并非如此。我此前已郑重声明过，即使没钱也能享受和服所带来的乐趣。逛一逛百货店及和服专卖店，或是在展览会上都能欣赏到各种和服。要以欣赏绘画的心情去观赏和服，

你还可以向店家说："这套和服真漂亮啊！"

我敢肯定，年轻女孩子一定会受到绸缎店的热情欢迎。即使不马上买(本来和服就不是说买就买的东西)，只要对和服充满兴趣，表现出观看和服的愉悦之情，就会让绸缎商家开心。而且不要去廉价店，越是高级店就越会受到欢迎，他们会教给你有关和服的各种知识。

对了，听"志龟"的店主竹内先生介绍和服知识也是一种由和服而带来的乐趣。志龟位于银座的黄金地段，确实给人以高级店的感觉。也许会让一些初次前往的女孩子望而却步，但店主希望大家鼓起勇气走进店里。

"不买也没关系，请看看我们店里的和服。"

"可一定要守规矩呀！"

"不，根本没有那种必要，喜欢和服的女士们，大都是一两个人前来，规规矩矩地观看和服。"

我的多嘴立刻遭到反驳。店主生性就是一个商人，他对和服充满挚爱。

回想起来，已是四年前的事情了。我与中野翠两个曾把脸贴在志龟的橱窗玻璃上久久地望着里面的和服。和服真是漂亮极了，可我们两人却没有勇气走进去，仿佛胆小的少女一般。看到我们这样，店员笑着说："里面请，不买也没关系……"就这样，我成了志龟的常客。我不仅在这家店缝制各种和服，还委托他们清洗和服的污痕，修改和服及进行和服的各种搭配。我还时常将旅行时买回的面料带去请他们缝制，当然他们也有求必应。穿和服必须与绸缎店家好好相处，这里就存在着如何选择一家信誉良好的店的问题，我是凭直觉来选择的。志龟的和服，图案既朴素又大方，而且色彩美丽。有时，稍不留意，个性也会被看做庸俗之物。特别是在和服的世界中常有这种情况。然而，志龟的和服无论图案多么新颖，总是能体现出高雅的风格。通常朱红、墨绿之类的颜色，越花哨越是便宜，可在志龟却始终是优美的颜色。尽管已经不适合我了，但朱红色的友禅绸长袖和服的确很美，令人惊叹不已。我明白了日本传统颜色尽管鲜艳却不花哨的道理。

开始不必去染指这些高级品，可以先从碎花和服入手。"大家可能都以为我们店里只有昂贵的和服，其实还有各种适合年轻人穿的漂亮的和服呢。"店主帮助挑选的各种碎花和服，都是能与多种腰带搭配的。首先，买一件这种和服认真仔细地穿。然后，再利用这个机会学会和服的保养与叠法。

和服经销店实在是个有趣的地方。在这儿可以品尝到非常好吃的点心与非常香的茶，还能见到店主。无论是和服的穿法，还是措词的诙谐，或者是对和服的爱与知识的渊博，可以说店主是当今日本难得一见的人。

毕业典礼的和服裙

　　临近毕业典礼的季节，我的心情就会变得忧郁，其中也掺杂着困惑与厌恶的情绪。这是因为街面上简直就像假面游行。究竟是从什么时候开始，流行在毕业典礼时穿和服裙的呢？我这一代人几乎都穿西式套装，穿长袖和服的寥寥无几，穿和服裙的就更稀奇了。偶尔有那么一两个，大家会认为"啊，真是个怪人！"然而，最近几年却流行起穿和服裙，几乎可以说和服裙与成人仪式时穿的长袖和服共同构成了"两大和服庆典"。可是，我却认为这二者均不合情理。本来在正式场合才穿的正装和服，却只是变成了"假面游行"的服装。我对此愤愤不平。

　　因此，让我们来征求一下和服专家的意见吧。江木良彦先生是日本屈指可数的和服专业人士。他不但为宫泽理惠等知名女演员设计和服的着装方案，而且还涉足和服剪裁及和服历史考证等领域。听说许多电影及电视剧中的古装和服场面都得到过江木先生的指点。

　　据江木先生介绍，当今女性所穿的和服裙起始于明治时期。以前虽然有宫女穿的深红色和服裙，但直到明治时期才流传到民间，而且据说是从共立女子大学传开的。由于女学生的脚露在外边不太雅观，因此又做了各种改进。

　　我问："穿和服裙有什么规则吗？"江木先生说："实际上可以说有，也可以说没有。"据他说，如果以男式带家徽的和服裙为标准的话，以前的藏蓝及绛紫色的和服裙，最好是配以素色带有家徽的和服。配以带有家徽的和服，是为了使和服当中等级较高的素色，特别是布纹突出的面料(就是没有花纹的做工精细的和服)的等级得到进一步提高。我们看着面前去年毕业典礼上的和服裙照片，每一张都使人觉得不和谐。和服裙上面竟荒唐地配着长袖及碎花和服。

"长袖和服不合适吧。"

"这样会使整体失衡。"

确实如此。为什么对普通服装有着较高审美能力的女孩子反而不会穿和服呢？

对此，江木先生解释说："如今，藏蓝及绛紫色的和服裙会显得很单调，因此采用了朦胧色调并加入了花纹。"

我说："朦胧色调绝对不可取，没有一点儿品位。"

"朦胧色调的和服裙，可以说是厂商强加于人的。"据江木先生说，受欢迎的箭翎纹布本来也只是日常装束，而并非正式装束。

"经和服租赁店一推荐，就稀里糊涂地穿上了。"江木先生也不无惋惜地说。

"可我认为和服租赁店的女店员们根本不具备和服方面的知识，即使是我都比她们强。"

见我激动，江木先生制止了我。他说："对年轻人来说，穿和服裙本身就是一件隆重的事情，所以她们不会在乎是朦胧色调，还是金银线编织，或是箭翎纹布什么的。如今就是这样的时代。"

尽管如此，我还是不肯罢休。即使勉强认同她们，认为如今的社会就是这样，可总该有一个最低标准吧。那必须要遵守的规则又是什么呢？

"应该说是整体的色彩感吧。"江木先生指着印有小花图案的碎花

和服外加粉红色和服裙的照片，说："这种搭配就不协调，如果和服裙换成黑色系列的话还说得过去……"

顺便说一句，那张照片中的和服是由和服租赁店搭配组合的。

"下边的和服裙非常不自然，所以让人看着别扭。"江木先生说。

首先应统一整体的色调，然后调整和服裙的长度至踝部。布袜要向上提至看不到皮肤的位置，而且布袜的大小要合适。

在穿用布袜方面我也有过多次失败，前面大出许多、打起褶子等，这些都是很不雅观的。穿和服裙会使布袜显得特别突出，因此必须洗过一水再穿。如果连这也做不到，就没有资格穿和服裙。

"所以说，穿和服裙最重要的一点就是要得体，是吗？"

"是的。关键就是能否给人留下整洁的印象。"

不错，和服裙曾是理智女性的象征。只是因为穿上不常穿的服装就疯疯癫癫地在街上走，只会使人认为那是"假面游行"。

听了江木先生的一席话，我终于明白，穿和服裙无论如何都要朴素、端庄。不要耍一些金银线、朦胧色调、花纹之类的小伎俩，只有规规矩矩地穿，才能在"假面游行"的队伍中显得与众不同，这才是最正确的穿法。

请不要听任和服租赁店的摆布，我希望大家按照自己的意愿与审美观来挑选和服裙。

扇子流行的原因

最近，我为练习日本舞蹈倾注了全部热情。

这是因为明年九月，我将在国立大剧院表演藤娘舞。如此声势，真不像是内部的排练，因为这是在勘九郎及玉三郎等知名演员曾演出过的舞台上，穿着全副行头跳舞。我每周两次去舞蹈老师那儿学习跳舞。请大家想象一下，我将扇子当做藤娘的草帽伴随着音乐的节奏将手遮在额上的情景……

学会了跳舞才明白，扇子实在是一种易耗品。由于要将细绳系在扇骨上，做成紫藤草帽的样子，因此扇子很快就会损坏。

最近，扇子可谓是深受大家青睐。百货店中的扇子柜台挤满了年轻女孩子。前几天我去浅草仲见世的扇子专卖店，那儿也是人山人海。以前，人们曾经一度认为扇子是上了年纪的女性的必需品。某航空公司的经理曾因呼啦呼啦地扇扇子而被解雇。

然而，我想学过茶道的人都会明白，扇子是一种内涵丰富的东西。茶会时将它放在身后，此时形成一个微小的宇宙，使得自己的空间由此逐渐扩展。与人打招呼时，一定要将扇子放在坐席的边界线上，然后低头行礼。站立时也是如此，两手空空地低头行礼与轻持扇子行礼两者之间，当然是后者显得温文尔雅。

以上这些，年轻女孩子并不见得全都懂得。那么，为什么扇子会如此流行呢？我与编辑为了解开这个谜，决定去一趟人形町。因

为那儿有一家远近闻名的扇子专卖店——京扇堂。

去人形町本身就是一件令人兴奋的事。这里有东京城市机场大楼，还有冠以"箱崎"的众多有名的地方。正如大家所知，这条街遗留着昔日庶民的生活习俗。水天宫神社周围的小卖店也各具特色，还有一个专卖甜酒的"甘酒横町"街区。在有名的烧制偶人的店铺——重盛的门前，如今依旧排着长队。而位于它附近的京扇堂，则是一家小得不起眼的店铺。橱窗里摆放着的扇子品位十足。既有古典式的，也有在前不久我访问西班牙时所见到的扇子。这种扇子很时尚，放在包里随时使用也不会感到别扭。

最近，红色或粉红色扇骨的扇子大受欢迎。

据售货员说，最近的女孩子去跳舞时都带着扇子，她们喜欢华丽一些的。我想，或许这与茶道的精神是相通的。把手放在身体的什么部位、手如何动——这些都是关键问题。我曾听电视台的人说过，新演员都会为这些问题伤脑筋，她们往往因不知道怎么做而局促不安。据说那时会让她们拿着笔进行表演。扇子能把人从手足无措的不安中解放出来，从而使手变得生动起来。

人们总是评论年轻女孩子吸烟一事，我想这也与手的"无所事事"有很大关系。由于我也是个"烟鬼"，所以很清楚这一点。手空空的总是感到局促不安。

手持折扇，时而打开时而合拢，这当然要比吸烟强百倍，而且对健康也有益处。

关于扇子有各种传说，据说它并不是从中国传入的，而是日本独特的东西。它可以将一幅画折叠起来随身携带，又可以扇风纳凉，还可以作为装饰品，或作为保存贵重资料的载体来使用。日本人凭着自己的感性，将扇子看成特殊的美术作品。当然，我没有达到将扇子作为美术品的程度，但为了跳舞我也买了新的扇子。

京扇堂里各种流派的扇子应有尽有，我最喜欢的是将日本古代图案经现代方式处理后作为扇面画的扇子。尽管它是狂言剧使用的扇子，但扇面画非常漂亮，我决定用它来装饰房间。

我还买了正在学习的藤间流舞蹈所用的扇子。这是一把竟然需要一万七千日元的工艺品。这种扇子没准儿是已成名的演员们所用之物，但我还是不去理会这些，使用它吧！这么美丽的扇子如果只是作为摆设岂不是太可惜了。

表演《藤娘》舞

从少女时代起，我就特别喜欢所谓的"演艺小说"。主人公们刻苦学习演技，最终掌握了舞蹈与日本三弦的技巧。而且其中还贯穿着复杂的人际关系与恋情。尽管书中人物的毅力与努力是我所不具有的，但我却非常喜欢这类小说，曾如饥似渴地读过有吉佐和子、宫尾登美子的作品。

大约三年前，有位朋友问我想不想学习日本舞蹈。我说忙，没有时间。她又说："有位老师为了照顾工作繁忙的女性，晚上十点钟开始上课，那位老师非常漂亮文雅，仅仅看着她身上的和服就是一种学习。"这番话使我怦然心动。尽管那时我已经迷上了和服，却常因穿着不得体而招来大家的耻笑。朋友说去学习还可以增加运动量，出出汗，能起到减肥的效果。朋友之所以对我缠着不放，想必她也是不愿意一个人去学习，想找一个伴吧。

于是，我便开始了日本舞蹈的学习。开始时可以说是出尽了洋相。因为我不但运动神经迟钝，而且体重也一个劲儿地在增加，甚至从下蹲姿势变成站立姿势都做不到。舞蹈老师比听说的还要美，每当这时，她总是仿佛无奈地笑着说："没关系，会渐渐习惯的。"然而，这"渐渐"却总是没有到来的迹象。老师经常提醒我"腰部重心要放低"，可我却不明白这是什么意思。老师解释说："就像往椅子上坐一样降低腰部重心，十分简单。"而我却弓着腰身体前倾。

86

看到自己映在窗玻璃上的笨拙身影，有时自己都讨厌自己。因为接二连三地深夜外出，丈夫也表示不满，我曾几次想打退堂鼓。然而，朋友却斥责我说："女人做事半途而废最不可取。"

不觉之间，夜晚的这段时间渐渐地被职业女性所占据，我的周围又多了些连环画作家、公司经理、律师之类的女学员。她们都是些白天工作繁忙的人士。这些女人换上和服，在深夜里学习跳舞的精神是相当感人的。受她们的鼓舞，我又重新振作起来，腰部的重心也总算是掌握了。我深深地体会到，即使是这种年纪，通过练习还是会取得进步的。能身穿和服自然地表演也是一个喜人的成绩。

学跳舞之前我就经常观看歌舞伎剧表演，不觉之间明白了三弦曲及常磐津调的歌词。这使我有了信心，由于我是作家，因此总是凭自己的想象来理解歌词。比方说过几天我将在汇报表演会上跳的《藤娘》中，最后有这样一段："植松要植在有马，海枯石烂永不变，娶来娘子缠绵绵，天未晓，眠未完。"

舞蹈是以节奏性很强的徒手舞开始的，似乎呼唤人们进入到剧中。虽说我记性很差，有时为了记下舞蹈动作费了不少功夫，但我认为这没关系，只要按自己的想象编编故事就可以了。对我来说，这非常容易。我对这一段是这样理解的："新娘子嫁到了有马的农村，按旧习俗举行了非常隆重的婚礼。一身白衣的新娘子非常漂亮。从那天晚上年轻夫妻开始同床共枕，从傍晚睡到早晨仍然起不了床。怪不得呢，嘻嘻！"年轻学员们听了都吃惊地说："啊！真不正经。"然而，日本舞蹈本来就是很不正经的。在表演"缠绵绵"时，要将双手的食指竖起上下移动，以此来表现男女之事。

说起来，纪宫内亲王也在学习日本舞蹈，曾有人说："那么有地位的人学它不太好吧。"我经过学习深深地体会到，日本舞蹈中以

男女之事为题材的内容特别多。

　　前不久，得以去京都的茶室消遣。当时，那儿的年轻艺伎跳了一段井上流派的"黑发"，那妖艳的舞姿使人目瞪口呆。艺伎侧坐在舞台上，扭着身躯把目光投向观众，她的种种姿态都清楚地呈现出身体的曲线。我甚至认为，也许这种宴会上的舞蹈，就是为了让人品评女人的身体。我心中涌起了一种迄今为止从未有过的感怀。

　　九月份我将在国立大剧院表演《藤娘》，而后我也将继续练习下去。或许十年之后，我也能够写出为之向往的"演艺小说"来。

《藤娘》舞台秘闻

我的"日本式"爱好，终于达到了新的境界。首先是和服、茶道，接下来我的目标是日本舞蹈。

虽然迄今为止我什么都没坚持下来，但唯有这项爱好竟然持续了两年半。有时我也会偷懒，然而无论多么忙每周我都要抽出两次时间去学习。我认为自己实在是了不起。

那么，我为什么会迷上日本舞蹈呢？原因有以下几点：

第一，舞蹈老师非常漂亮而且有风度，这使我产生了一种错觉，想着如果坚持学下去，我也会变成那样。

第二，可以结交许多朋友，与她们相处令人非常愉快。

第三，身体姿态变好了，别人说我的粗野举止有所改进。

第四，学习日本舞蹈的都是些诸如有钱的阔太太、富家千金小姐、演艺界人士及歌舞伎剧演员之类的人，因此可以结识一些平时接触不到的人。

刚开始学习时，我连身着浴衣从跪坐姿势变为站立姿势都做不到，可如今也算是半个行家了。

现在，观看我跳舞的人再也不会讥笑我了。

花费了一年时间练习的《藤娘》的动作都记在了心里，即将迎来汇报演出会。会场竟然是国立大剧院，大多数人听到后都会感到惊讶："在小剧院演出已足以令人感到意外，怎么会是国立大剧院

呢……"

可这是事实。我已经发出了两百五十张门票。即使有20%的人缺席，算起来也会有两百人前来观看。一起学习跳舞的伙伴，像池田理代子、奥谷礼子及花井幸子等人也会邀请众多朋友前来观看。我想那一天一定会座无虚席，出现玉三郎及勘九郎合演才会有的盛况。

一位嘴损的朋友说："你们呀，不过是像小学生似的参加文娱汇演而已。"

我并非自吹自擂。我们所学的舞蹈，是各流派中的既华丽又有格调的藤间派，而且老师在藤间流派当中也是数一数二的名人。说正规也好，说正统也好，总之我们的汇报表演会是非常专业的。

因为不安，我通宵未眠，早晨就换上了和服。虽然我下午四点钟出场，但是穿着连衣裙无所事事地等候出场，不能算是一名合格的日本舞蹈学员。按照惯例，必须提前换上会客和服，仪表端正地步入剧院。我非常喜欢日本传统表演艺术的这种循规蹈矩之处。话是这么说，可是与老师打过招呼之后，我却又立即换上了浴衣。

出场之前，不妨小睡一会儿。

然而，我的这种想法立刻破灭了。我万万没有想到，正式演出之前竟如此繁忙，事先也没有人告诉我。饭盒店送来一箱箱的寿司，葡萄酒与毛巾也接连送到。于是，大家一齐动手将它们分开包装。等包完两百份之后，已把我累得精疲力竭。

正如大家所知，在日本舞蹈的汇报演出会上，要发给观众盒饭与毛巾。专业演员的演出当然值得一看，对像我这种跳得不好的人观众却也要搭上半天时间。当然门票是免费送出去的，并且还要发给到场者盒饭与纪念品。送纪念品是为了对到场观看自己演出的人表示感谢。可是，我的丈夫却挖苦我说："凭这样的盒饭与毛巾，就请人看你的表演，是不是也太难为人家啦！"

离演出还有两个小时，我拿着装有纪念品的纸口袋向师兄、师姐及乐师表达谢意。经老师多方努力，为我们进行三弦之类乐器伴奏的都是有名的专业乐师。虽然我想不会有人因看不下去我的表演而发怒，但还是稍有不安。

接下来是化妆。白白的脂粉一直涂到脖子下面，还要将眼睛描得大大的。由于我长着一副典型的鼓鼓脸，所以涂上白粉后显得非常可笑。然而，学习日本舞蹈的人都很和善，她们很善于夸奖对方。虽然她们都说"林女士的五官很大，所以很适合化妆"，但我却不太相信她们的话。长得漂亮，妆化得再浓还是漂亮。银座的两位富家小姐，她们是姐妹，在东京艺术大学学习弹三弦，她们表演的是《二人道成寺》。她俩从小就学习日本舞蹈，跳得非常好，容貌也无可挑剔。看着浓妆艳抹身着舞服的姐妹俩，我那前来帮忙的朋友兴奋地说："简直就像是活着的日本偶人。"

本来，汇报演出会就应该由这些人参加，可今年像我这种"现发现买的角色"也混在其中，实在是对不起大家。然而，我这种"现发现买的角色"可是有很强号召力的。电视台的摄影师与图片杂志的记者也应邀前来采访。观众竟然将国立大剧院的一、二、三层挤得水泄不通。

化完妆后，我去服装师那儿着装。藤娘的剧装是华丽的三层服装。我就是因为想穿这套剧装所以选择了《藤娘》这个舞蹈。剧装上满是刺绣，因而十分沉重。而且面料厚，还要系一根大约五十厘米宽的腰带。

在舞台上，我曾几次因失去重心站立不稳而引起观众们的窃笑，可我却想说，你试一试就会明白，身穿如此沉重的剧装并戴着假发，

一般人就是站着也会觉得吃力，而我却是在跳舞。所以说嘲笑人是不应该的，太过分了……

算了，还是暂且息怒吧。《藤娘》的剧装已经说过，还有这个舞蹈布景的华丽也是出了名的。在大舞台的右侧，乐师依次坐在深红色的地毯上面，正中间垂吊着紫藤花。其下站着一位头戴草帽、手持藤条的姑娘。随着"紫丁香年轻十岁……"的歌声，昏暗的舞台骤然变得灯火通明。观众席上响起阵阵喝彩声与掌声。喝彩是理所当然的，因为抱着观看小学生文艺演出想法的观众，没有料到舞台竟会如此华丽。

很多朋友都说："我也想在那样的舞台上跳跳舞，哪怕一生中只有一次。想必是非常痛快的吧。"她们还异口同声地说："没想到日本舞蹈的汇报演出会竟然如此有趣。"对她们来说，这到处都是身穿和服翩翩起舞的优雅女性，简直是另一个世界。大家都说，光是看着周围的人就够有趣的了。来之前曾觉得可能会无聊，没想到竟然渐渐地被舞蹈吸引住了。还有人说，在林女士之前出场的是新之助吧？能看到团十郎之子新之助表演，也算是不虚此行。不错……

那一天，我的学友们也大显身手。花井幸子表演的是《东都狮子》。尽管她学习时间不长，但却跳得相当出色。奥谷礼子跳的《阿七》，身姿宛如偶人，博得了满场喝彩。即将取得艺名的池田理代子跳的《鹭娘》，惟妙惟肖，舞姿可以说是臻于完美。

池田女士与我一样也是老大不小才开始学习日本舞蹈的，可她仅用七年就取得了艺名。这使我坚定了信心，只要努力就会获得成功。

然而，看了电视及杂志上的照片之后，我周围的人都生气了，她们说："林女士平时那么可爱，为什么一上电视竟成了这副样子……"

不错，舞台上有舞台上的标准与装束。将表演者的面部拍成特写镜头给大家看，实在是有些过分了。我情不自禁又说出了与日本舞蹈实在不相称的粗话。

拜访富家千金

学习跳舞的最大乐趣，或许就是能与不同职业的人成为好朋友。

在我学习跳舞的地方，就有各种各样的学生。其中有赤坂的舞伎，还有歌舞伎演员。而最引人注目的当属大野家的漂亮姐妹。

我总是在想，有很多钱并且有漂亮的女儿，生活该是多么幸福啊！给她穿各种各样的好看的衣服，让她去学各种本领。看到周围的人用羡慕的眼光看着自己的女儿，做父母的会更加心满意足……

大野家的两位小姐，就可以说是在这种环境中长大的。姐姐阿惠最近刚刚嫁人，妹妹有里芳龄二十。如此漂亮的小姐，用芳龄这一字眼来形容实在是再恰当不过。在舞蹈汇报演出会上，我曾见过有里小姐身着华丽的长袖和服，由妈妈领着向人们打招呼。那时我想，成长于日本古老传统环境之中的小姐，是多么出类拔萃啊！

姐妹俩生在银座长在银座。据说受喜欢表演艺术的外祖母与母亲的影响，有里从六岁起就开始学习舞蹈与三弦。现在，她就读于东京艺术大学日本古典音乐系。当然她能够独自穿好和服，端端正正地跪坐着。这些看似简单可实际上是非常难的。据我所知，我亲戚家的女孩儿及熟悉的女大学生们，自成人仪式以来就没有穿过和服，跪坐也坚持不到五分钟。

"世上果真有这种画中人般美丽的小姐啊！"一起学习舞蹈的有里小姐引起我浓厚的兴趣。说她是藏在深闺的千金小姐也不为过，有里小姐总是由妈妈陪伴着。妈妈开着宝马接送她。有聚会时，外祖母也和妈妈一同前来。外祖母特别年轻，看起来就像是妈妈。

外祖母、妈妈、姐姐与有里，三代人在一起光彩照人，周围的人经常议论说："真是美貌代代相传啊！"

渐渐地，我有了务必去有里小姐家做客的念头。据说她家位于银座的正中间，可究竟是什么样呢？我还想见识一下由她的外祖母传给她母亲的和服。

"我们家很平常，没有什么可看的……"尽管有里和她的妈妈再三拒绝，但在我的再三要求下，她们最后答应了我的采访。

大野家祖祖辈辈经营着厨房的设计与装饰公司，总公司位于筑地。由于送货需要在银座也拥有办公楼，有里小姐就住在最上层。乘坐电梯来到顶层，再走上一段楼梯，呈现在眼前的是典雅的格子图案玄关。客厅、日本式房间都非常安静，很难想象这是在大楼里面。由于母亲的老家是做古董生意的，房间里不经意地摆着江户时期的簪子及缶子等。

"那些倒没什么，我想请林女士看一看古装偶人。"外祖母的声音显得很年轻。

"那可是做工精细的偶人啊！偶人用的东西令人吃惊。木桶里放着做游戏时用的小贝壳，连时事图解读物也能一张张地分辨出来。"

据说三月三日女儿节时，她们要在家中开小型晚会。有里为我斟了一杯茶，她那文静的样子与学习舞蹈时大不相同，但依然可爱。她系着一条我从未见过的红色腰带。见我紧盯着不放，外祖母解释说："这是第二次世界大战后，用皇宫中宫女的服装改制成的腰带。"听她这么一说，喜欢和服的我越发想欣赏一下她们的服装。

于是，一件件华丽的长袖和服展现在我面前。刺绣非常精巧细

致，染色技法也无可挑剔。"这件长袖和服，是这孩子(有里)的母亲二十岁那年做的。"据外祖母说，自从丈夫去世后她一直与女儿女婿一起生活，女儿(也就是有里的母亲)从年轻时起就讲究穿着，而且还学习过日本舞蹈。也许因为这些，和服才会如此华丽。

其中一件大长袖和服，可以称得上是艺术品。外祖母说："绸缎商看了之后惊叹说，花几百万日元也做不出这种和服。"听说，小时候曾经是妈妈及外祖母的"服装模特"的有里，如今也想按自己的意愿穿和服了。

养育像有里这样的千金小姐一定需要花费很多精力与时间。由外祖母身上代代相传下来的血液，不一定会顺利结果。只有仔细耐心，才能培养出令众人称道的好女儿。

"这孩子的父亲深夜回家，会听到从房间里传出的三弦声，仿佛走进了茶馆一样，她父亲特别高兴。"

真是太有趣了。有里的父亲是多么幸福啊！我也换上和式浴衣跳起日本舞蹈迎接丈夫回家吧！尽管我想他并不会为此感到高兴……

培养形态美

人活着，就既要排泄又有体臭。只要呼吸，就会不停地向世间散布活物。这些在人际关系上也同样适用。像特蕾莎修女那样职务圣洁的人姑且不论，我们普通的人总是无形中给他人带来悲伤、痛苦与遗憾。

当然，我们会给家人、朋友带来幸福与关怀。但是，想到我们也会对一些讨厌的人产生反感时，自己好的方面与坏的方面正好一加一减最后会变为零。

这样，世间就很难有一生辉煌，使人感动的人了。

想到这，心情就会轻松许多。

我认为，人至少应不让周围的人讨厌，不给自己接触的人带来不快。能做到这一点也就可以了。因此，形态就显得至关重要。

不知从何时起，总之在我懂事的时候，"内在美胜于外表美"的观念就植根于这个国家。尽管内在美并未由此而发扬光大，但大家却都讨厌"形式"。在那样的年代里，我们这代人的头脑都被这种观念填得满满的。

想起学生时代的自己，至今仍感到脸红。也许是出于年轻人的玩世不恭，穿着肮脏的牛仔裤，每天过着烟酒不离手的生活。当然，这也不必过于深究。因为在那种年代，几乎所有的青少年都经历过那种自暴自弃的生活。

　　然而，令人感到惭愧的是，长大之后我也有很长一段时间，在世俗的社会一角自我欣赏地生活着。我既没有冲破陈规旧俗的审美观，也没有进取心，有的仅仅是玩笔杆子的人特有的矫揉造作。

　　那么至少也应该用一些说得过去的东西来充实一下自己。最近，我产生了这种想法。茶道半途而废，我觉得日本舞蹈适合自己因而坚持了下来，至今已有五年。在学习满两年的时候，才开始有人指出我的姿势与以往不同了。

　　在此之前，也许是因为个头大，我总是驼着背走路。与人一起照相，不上相的往往是我。我的肩总是无力地耷拉着。然而，认真地学习了形体之后，首先能够挺直腰板轻轻松松地走路了。拿东西时，也不像以前那样粗野地伸出手来。与以前的自己相比，我感到不知不觉中习惯了优雅的举止。

　　不是我夸口，到了这种年纪，我终于意识到要用端正的姿势站立、行走、进餐。我还懂得了这些是何等重要。

　　我们常常会在电视中看到这种画面，不仅年轻演员，连那些可以被称为美食家的老大不小的人，他们吃饭时的样子也那么不优雅。弓着身子，大口大口地咀嚼着。不论那个人有过什么丰功伟绩、担当多么大的重任，离"优美地生活"这一目标还相差甚远。

　　首先，应该培养自己的形态美。要想做到这一点，必须付出不懈努力。这种努力与取得学历的努力有所不同，它关系到能否对自己树立信心。

　　通过努力养成的形态美得到别人的赞赏，自己才会由此增强信心。"形态"可以比作自己的呼吸，培养形态美就是尽量使自己呼出的气体变得清香。我相信，能做到这一点的人与做不到这一点的人，在自身的发展上将会出现很大差距。

将欣赏歌舞伎作为自我奖赏

最近这四年，我越发沉醉于日本的古典文化当中。在此之前，我对这些没有丝毫兴趣，甚至还曾不屑一顾地认为"那不过是老大妈的爱好"。然而，如今我却迷上了茶道、日本舞蹈、歌舞伎剧及和服。

据说，最近在年轻人当中，正流行着具有日本风格的东西。

"毕竟还是我走在时代前面。"我得意洋洋地向朋友炫耀着。然而仔细一想，日本文化遗产的奇妙之处，早已超出了"流行"这一范畴。越是深入了解就越能体会到它的奥妙之处，它给人们带来的乐趣，是难以言喻的。

比如说，昨天我刚刚从京都回来，在我对和服及日本舞蹈产生兴趣前，我认为去那儿不过是吃些好吃的东西。然而，如今无论多么繁忙，我也要每三个月去一次京都。虽说最近几年京都发生了巨大变化，但是它那古香古色的气息依然存在。在京都，我去熟悉的和服专卖店看和服，然后买一些腰带及腰带衬垫之类的东西。有时间的话，还要去南剧院①观看歌舞伎剧。如果走运，还可受到有钱朋友的邀请，在夜里去茶馆欣赏舞伎的优美舞姿（这种运气说来只有三次）。

总之，沉醉于歌舞伎剧及和服，会使人的心情变得舒爽，感到无比幸福。据说，女孩子学习穿和服的动机就是想穿碎花和服去观

看歌舞伎剧，我很理解她们的心情。因为我也曾有过那种经历。

然而，穿和服去歌舞伎剧院，可是需要勇气的。尽管也能碰到穿着毛衣前来的姊姊嫂嫂们，但总的来说，歌舞伎剧院无疑是和服专家展示自我的场所。令人羡慕的歌舞伎界的夫人们、时髦的小姐以及富有的中年女士，毫无例外地身着华丽的和服。

像我们这种外行人去那儿，当然要遭受冰冷的目光。

"哎哟，腰带与和服搭配不当。"

"举止太粗俗了。"

不管别人背后说什么，都只有鼓起勇气去面对了。

何况现在，我可以依靠藤太郎先生，他是我的日本舞蹈老师。"藤太郎"这个名字，在藤间派当中是最叫得响的。本来像我这种人是没有资格接受先生指教的，后经人介绍，我才有幸成为先生的徒弟。

我在学习舞蹈之后才了解到，现在歌舞伎剧的舞蹈动作，大多出自藤间派。

因此，无论是勘九郎表演的《镜狮子》，还是玉三郎表演的《道成寺》，基本上都与我所学的舞蹈动作相同。艺术的力量实在惊人，也许谁也想不到我们跳的舞竟与那些著名演员跳的相同。我们能够在观赏中知道下一步的动作："对，是这样，这时要伸出右手。"学会跳舞之后再观看歌舞伎剧，使人感到格外有趣。这全归功于藤太郎先生指导有方。为了照顾工作繁忙的我们，他从夜里十点钟开始授课，实在是令人感动。

最近，藤太郎先生以"课外实习"的名义，带领我们去了歌舞伎剧院。先生同时还教着几名歌舞伎演员，因此在剧院很吃得开。先生不断与人打着招呼，还要去后台照应，尽管这样忙个不停，可他还是一同带上了我们这些徒弟。

著名女企业家奥谷礼子可以说是我的和服参谋。她是出生于芦屋①的千金小姐。据说在她出嫁的时候，妈妈为她准备了将近一百套和服作为嫁妆。由于最终婚姻破裂，长期以来和服一直堆放在箱子里，实在是可惜。

现在，她将那些和服作为练习舞蹈时的服装来穿。每当那时，她会一下子抽掉防止和服走形的绷线，说"这件也很华丽吧"，真是富有情趣。

由于这一天是新年的首场演出，所以穿和服的人很多。如果平时看剧，我觉得穿碎花和服就蛮好了。

我们今天就是要观看菊五郎的《道成寺》。舞台上出现许多和尚，嘴里不知说些什么，歌伎在跳舞，最后"啷——"地一响，出现一口大钟。奥谷正在学习的就是这部分被称为"新鹿之子"的舞蹈。

"好好看一看，自己什么地方跳得不对。"我小声说。

"多管闲事。"她回敬说。

歌舞伎剧的晚场散场时，已经将近十点钟。银座的餐厅都歇业了，于是我们便去银座东急酒店吃夜宵。一边谈论着刚才的演出一边品茶，这也是观看歌舞伎剧的妙趣所在。更何况我们身边还有藤太郎先生这样一位专家。

"菊五郎的眼睛可真有魅力。"

"他将这个动作做了变化，是不是很新颖？"

该如何形容这种乐趣呢……我越来越深刻地体会到，如果我们仅仅是家庭主妇或闲居在家只做做家务的人，也会得到这份欢乐吗？如果我们有太多时间，以至于随时都可以去观看歌舞伎剧，那么就决不会如此快乐。平时拼命地工作，每月仅仅度过一段悠闲的时光。

只有这样将观看歌舞伎剧作为对自己的奖赏，才会如此愉快。

① 阪神地区的高级住宅区。——译者注

三伏天里话鬼怪

我非常喜欢这样一个电视广告——和久井映见①与朋友一同从鬼屋中走出来的画面。

鬼伞出现时惊叫，坟墓摇晃时也惊叫，这就宛如一首夏季的风景诗。孩提时，街道曾举办过所谓"检验胆量的大赛"。这是由青年组织中的志愿者装扮成各种鬼怪来吓唬观赏者的游戏。鬼屋常常被设置在百货店及公园等地方。

与现在相比，以往的夏天可实在是热得让人受不了。安装空调的人家为数不多，而且大都安装在客厅里。空调的主人在排风口处系上红色及蓝色的透明飘带，那随风飘动的带子，看上去使人感到丝丝的清凉。那时，人们就千方百计地依靠视觉来获得凉意。人们使用竹帘与蒲扇，对了，还有凉席。用井水镇过的西瓜及汽水也令人怀念，我们这一代人也许是最后一批享受过这些的人。

在空调还没有像现在这样普及的时代，人们为了纳凉，可以说是想尽了一切办法。人们从视觉、心理等方面获取凉意，于是各种鬼怪故事也随之出现。正如大家所知，与西方阳刚凶猛的鬼怪相比，日本的鬼怪都满怀"深仇大恨"。这不能说与佛教无关。基于劝善惩恶的观念，日本的鬼怪总是骚扰那些做了坏事的人。

其中，最具代表性的当属"阿岩"。"阿岩"是日本鬼怪的代名词，可以说是集所有怨恨于一身。可是，又有多少人知道《东海道

① 著名女演员。——译者注

四谷怪谈》的具体故事情节呢？

"被丈夫逼迫服毒，变得面目全非，头发也逐渐脱落，死后变成鬼怪出现。"我想大家所知不过如此。其实，我所知道的也只不过是这些。印象中电视里曾几次播放过该剧，但都没能认真去看。

初夏的一天，歌舞伎剧院演出《东海道四谷怪谈》全本，我听说后赶去观看。本应身着夏季和服前往，可由于是梅雨季节，外边还在下着雨，就穿了别的衣服。最近，我发疯似的购买和服，可一到下雨却又犹豫起穿还是不穿，如此瞻前顾后，怎么也不能说自己是习惯了穿和服。

然而，与平时相比，剧场内穿和服的人也少了许多。一方面是季节的原因，而最主要的原因，我想还是因为《四谷怪谈》这部剧使人无心打扮吧。如果看《道成寺》、《镜狮子》及《助六》等剧，情况会截然不同。由于观看《四谷怪谈》全本，剧中情节紧张，所以人们必须做好相应的心理准备，也就顾不得穿和服了。

阿岩由最近人气直线上升的勘九郎扮演。据说为了这个角色，勘九郎还曾节食减肥，清瘦的他显得越发潇洒。我深深感到，女人只有消瘦才会唤起人们的爱怜与同情。

阿岩的丈夫伊右卫门由幸四郎扮演。由于我是第一次观看《四谷怪谈》全本，所以有许多新的发现。该剧虽是一个因果报应的鬼怪故事，但是其中还穿插着《忠臣藏》的传说。也就是说，伊右卫门便是赤穗浪士，关于他的故事也用了很多笔墨。

还有一个重大的发现，即投毒者并不是伊右卫门。

邻居是个大财主，他的独生女儿阿梅(后来被阿岩砍掉了脑袋)爱上了伊右卫门，她纠缠着伊右卫门说不能在一起就去死掉。虽说其他的剧中经常有这样的情节，可那种时代的年轻女孩子对爱的执著

与疯狂，着实令人惊讶。现在也有许多年轻女孩子爱上有妇之夫，可她们是凭着自身的魅力与对方竞争，这一点是令人佩服的。阿梅最令人讨厌的做法，就是向有钱有势的祖父及奶妈诉苦讨计。

祖父与奶妈策划了种种阴谋诡计。为了让伊右卫门来到他们的家，他们不但炫耀自己的富有，还想把伊右卫门的漂亮妻子阿岩搞得丑陋不堪。于是他们去伊右卫门家探望，并将毒药交给阿岩，称作是"产后服用的妇科药"。

人们确信是丈夫将毒药交给了阿岩，然而事实并非如此。我以作家身份声明，伊右卫门并不像人们所认为的那么坏，他甚至没有杀害妻子的念头。也就是说，他是一个软弱的男人，再加上阿岩的愤怒与憎恨，还有一个重要的原因就是忌妒，这才导致了剧中的结果。

尽管如此，《四谷怪谈》实在是一部可怕的戏剧。人从墙壁中走出及人坐在门板上漂来之类的镜头用不寒而栗来形容实不为过。我很喜欢外国的惊险恐怖影片，但我认为日本的《四谷怪谈》更加可怕。

灯光昏暗的场面使人吓得发抖，然而舞台有时又会变得异样明亮，穿着奇异色彩服装的演员，面无表情地无声无息地摆出架势。这种恐惧正是天才作者南北创造出来的世界。我深切地体会到，日本的恐怖剧真够劲儿。

散场后，因过于恐惧身体发冷，我不由得叫了一碗热面条吃下。

Chapter 3 ___ 女人，要纵情享受心灵的愉悦

小笠原风格的新年

　　我一直认为，新年可以说是日本文化的集大成。饮食、着装、寒暄——这些都是基于一定规范进行的。近来，虽然相当一部分人在新年期间去滑雪，或者仅是在家里躺在床上看电视。可是，他们的内心也不时掠过一缕不安——"这样过新年是不是不太合适？"

　　这就是日本的新年。无论你如何不注重形式，只要待在家里就必须准备年糕，吃年饭。打开电视，会看到平时身着奇装异服欢蹦乱跳的演员们也乖乖地换上了和服。每个人都在说"过年好"。无论多么反感，你也休想从新年的气氛中逃脱出来。既然如此，我们就学习一下正宗的新年礼仪吧。要学就好好地学，本着这种想法，我们决定向小笠原流派本家求教。

　　小笠原流派可以说是日本礼仪的大本营，人们甚至在插科打诨时提到它，常说："我鞠的躬可是小笠原流派啊！"拜访这种身份的人，我当然很紧张，然而，本家的掌门人却和蔼地欢迎我们。他说："礼仪中最重要的一点，就是让对方放松。"掌门是一位文雅且有魅力的人，总觉得他带有洒脱的江户式气质，他还说一口地道的东京话。首先我们被让到书房，两人玩起了叠纸游戏。说是游戏，其实是用原纸制作新年使用的压岁钱口袋。我按照仙鹤的叠法去叠，却怎么也搞不好。由于我多次失败，纸张竟成了浅灰色，而且变得皱皱巴巴的，连掌门也感到愕然。掌门做成的压岁钱口袋非常漂亮，

107

比商店里卖的还要精致。

接下来我们去大厅参观地地道道的日本传统的新年装饰品。在装满大米的方木盘上面，摆放着象征长寿的干鱿鱼、去壳干栗子、酸橙等吉祥之物。

"这与皇太子妃雅子交换订婚礼品时的摆设很相似啊。"

"他们那是神道仪式，或许两者有相似之处。"

"请问，冬季没有去壳的干栗子时，用糖炒栗子替代也可以吗？"

我无知的提问使周围变得鸦雀无声。可没想到，随我一起来的年轻女编辑说出了更无知的话。

"哎呀！这是广柑吧。"

"怎么能是广柑呢？酸橙可是日本自古以来就有的水果！"我大声纠正说。

然而，其中一位师傅却说没错，"没有酸橙时，可用外形类似的广柑来代替。"

这实在是出乎意料。一会儿，掌门亲自为我们斟上屠苏酒。此酒香醇无比，喝了后使人感到身心舒畅。掌门也曾说过，新年是一年的开端，无论如何都应将家中收拾干净，以示有一个新的开始。在那儿帮忙的女性们的举止也非常优雅，她们的动作干净利落，仿佛灵敏的神经通到了每一根手指。

我想小笠原流派的礼仪决不会使人感到拘束。它的所有礼仪都是优美自然的。然而想归想，实际做起来身体却不听使唤。我的腿渐渐发麻，几乎要跌倒，但是中途又不能停下。在这严肃的气氛中，要是保持不了跪坐姿势，那可是终生的耻辱，何况今天特地准备的节日佳肴马上就要开席了。

"哇，好香啊！"女编辑孩子般地大声喊道。当然，在行家看来这是有失体面的。

"来，林女士请用餐。"一位女师傅亲自为我夹菜。这可不妙！正如大家所知，我吃日本菜时最容易暴露出老底。最近年轻人相亲时，往往选择法国餐厅与中国餐厅，尽量不选择日本餐厅。不会使用筷子的年轻女性逐渐增加，这实在令人遗憾。我当然会使用筷子，可却没有勇气在小笠原流派掌门面前嚼鱼糕。正当我扭扭捏捏不知所措的时候，掌门猛然用双手遮住了自己的眼睛，说："最近曾有人说在整个日本我是吃饭时最不受欢迎的人。"掌门这样开玩笑，完全是为了消除我的顾虑，让我安心用餐。小笠原流派礼仪实在是处处为他人着想啊。

我提前体验到了新年的乐趣，诸如此类的仪式还是循规蹈矩才会别有一番滋味。懒懒散散地观看红白歌会也好，与男朋友一起去寺庙参拜也罢，元旦还是要规规矩矩地穿上和服。认真地操办某种庆典，会有一种令人耳目一新的愉快感。

"如今，古老的东西最新颖。"我的这一主题，在此似乎已得到了证明。然而，离开房间时，我的腿麻木到了极点，用屁股一点点地挪着出了房间。回头一看，大家都站在后边微笑着。尽管如此，我却认为只有经历过这种羞耻与考验，才会懂得礼仪的真正含义。我一定会以崭新的面貌迎接下一个新年。

偶人的魔力

诸位有偶人吗？

我说的偶人，不是指祖母为长孙买的那种五排或七排的成套偶人，而是大家为自己买的小偶人。

目前我住在东京都中心的公寓内，我尽量地在门口及钢琴上面摆放一些季节性的装饰品。这些都是一位年长的女友教给我的。她和我一样是个繁忙的职业女性，可在室内装饰方面却与其他女性一样花费心思，新年时摆上小小的门松、端午节时摆上菖蒲花等。总之，门口总是摆放些装饰物。女儿节时我想应该摆放轻巧的古典偶人吧。

在京都买的偶人，虽然略显过时却身着华丽的服装，面容也十分端正。当然身后还点缀着桃花。去年的女儿节，我与十多个女友聚在一起，在那位年长的女友家中举行了晚会，大家玩得十分开心。当时每人出四千日元的会费，大家还各自带去好吃的东西，尽情地大吃大喝大闹了一通。我认为女儿节应成为更加盛大的节日。以往的女儿节，总是由妈妈做各种准备，然后招呼朋友来喝白色的甜酒。而如今的女孩子们，总是想按自己的意愿聚在一起，一边听着流行的CD，一边开怀畅饮。在此我想强调，这么做只能说是一般的聚会，根本体现不出节日气氛。

因此，大家要动一动脑筋。比如说换上和服，按古时的风俗过节也不失为一个好主意。在这方面，最好的榜样是年轻时的皇后。

前些日子，我在杂志上看到，皇后年轻时曾接受国外的《时代》还是《新闻周刊》杂志社的采访，展示了日本传统的女儿节庆典活动，那时她大概还不到二十岁，圆圆的脸与长袖和服十分般配。照片上的她，正歪头看着偶人。

我认为，女儿晚会就应该在这种温馨、优雅的气氛中进行，而且还要充满异国情调。这样一来，就有必要请一些外国客人。如今，在学校、工作单位找一些外国人已不算什么难事。如果是美国人或欧洲人，我保证大家一定会欣喜若狂；请中国、韩国等亚洲国家的人参加、验证女儿节庆典活动也会令人愉快，我想各国都应该有类似的庆典。

不只是女儿节，请外国人参加日本传统的庆典活动，可以起到活跃气氛的作用。首先，由于要在他们面前展示日本的古老传统，所以必须认真地做好各种准备工作，不能偷工减料。现在，由于要向他们做各种讲解，所以自己必须认真学习。这些对自己的将来都是有益的。

五年前，我曾将当时的英语老师珍妮带到家乡，我说："我要让你体验一下日本传统的新年。"那时，亲戚中的女孩子全都穿上了和服，还特地去附近的寺庙里撞了钟，大家玩得非常尽兴。我的英语水平也大有提高(当时)，珍妮很满意。直到现在，我仍然觉得自己做了一件漂亮的事。

就算找不到外国人，女孩子们聚集在一起也是不错的。不过，这时还是需要庄重一些的气氛。有人穿和服当然最好不过，可如果没有人会穿和服也不要勉强。可以通过打扮自己，如改变发型、染指甲等等来制造出不同寻常的气氛。这是因为中途要请男孩子前来。

在仅仅属于女孩子的庆典上，被邀参加的男孩子们中途略显腼

腆地到来，然后满怀感激地喝白色的甜酒——这才是理想的欢度女儿节方式。最好再像开恩般地强调："这个节日本来只是女孩子参加的，让你来是特别的照顾。"为了这些，也有必要将庆典搞得隆重一些。对男孩子们来说，女儿节仍然是隐藏着诸多女孩子秘密的神秘领域。因为偶人有着不可思议的神奇力量。

如果大家到地方去的话，请务必到当地的名门世家、博物馆观看一下展出的偶人。我想大家一定不会将那些仅仅当做普通的玩具来看待。我还想建议大家，如果对偶人产生了兴趣，不妨也买一个小小的偶人。

我一直将买小偶人的那一天，当做自己自立的日子。

赏樱指南

提起樱花，总令人心动。

"哼！什么赏樱，不过是在拥挤不堪的人群中唱唱卡拉OK，有什么值得高兴的呢？"

每当我看到电视中关于上野赏樱的报道便会不屑一顾。尽管如此，到了樱花绽放的季节，我还是要漫步于青山墓地之中。因为广阔的青山墓地中的林荫道是这一带观赏樱花的首选之地。我的秘书畠山小姐很有灵性，据说一在墓地中行走便会感到"有异物附体"，尽管如此，我还是要战战兢兢走到近处观赏。

去年，我与朋友结伴去了飞鸟山。走在色彩朦胧的粉红色樱花树下，仿佛置身于世外桃源，使人感到心都醉了。我想，也只有樱花才能给我带来这种感觉。

结婚之前，每年我都要与朋友及编辑们一起去山梨县观赏桃花。山谷间仿佛铺上了一层粉红色的地毯，实在令人叹为观止。然而桃花的姿色却略逊一筹。人们习惯将与色情有关的事物说成"桃色××"，但山梨的桃树开的是普通的花、结果的花，并不仅仅限于观赏，因此可以说它是健康有余，风韵不足。

就此而论，还是樱花光彩照人。樱花可以说是百花之王。提起花，差不多所有的日本人都会首先想到樱花。毕竟它是国花嘛。

然而，查阅文献可以发现，直到奈良时代，日本人心中的花都

是梅花。可是，迁都平安时，由于皇宫紫宸殿庭院中的梅花枯萎，这才种植了樱树。据说，从那时起，樱花登上了百花之王的宝座。渐渐地，贵族们也以樱花为题吟诗作歌，当然少不了在樱花树下开怀畅饮。

浪荡公子在原业平这样唱道："倘若人世间，压根无有樱花在，岂不更清闲——免得岁岁盼春来，搅得寝食俱不安。"

从中不难看出，赏花在当时是多么牵动人心。

我认为，人们的兴趣从梅花转变到樱花上是非常自然的。因为梅花盛开时天气还未转暖，在寒风怒吼中很难热热闹闹玩一番。相比之下，按阴历计算樱花盛开时已是春天，和煦的阳光使人感到温暖。然而更主要的是，如果梅为白梅，它那过于纯洁的样子也难于激发起人们高昂的情绪。

樱花越来越受到大家的青睐，到江户时代，隅田、浅草及吉原等地都栽满了樱树。在很短的时间里，赏樱便成了江户时期市民最大的欢乐。女人们在新年里节省开支，以便在赏樱时为自己添置一件窄袖和服。赏花时不仅载歌载舞，化装游行也颇为盛行。据《图说日本民俗学全集》记载，游行队伍中竟有装扮成送葬的人，在棺材内装满美味佳肴，还有的装扮成讨敌复仇者吓唬看热闹的人（真有趣）。长命寺等地方还有艺人表演滑稽剧，赏樱活动的热潮此起彼伏，一浪高过一浪。

虽说我对上野的混乱素有微词，但似乎自古以来就是如此，并不是最近人们才变得如此没有礼貌。

在这篇文章中，原本是想告诉大家正确的赏樱方式，却在无意中弄清了如今的做法源于数百年前。也许赏樱本来就是这样，没有丝毫拘泥、造作，尽情地欢闹。这也可以说是传统的赏樱习惯吧！

然而，我还是想告诉大家，以下几点必须改进。使用工业文明的利器是不足取的，也就是说不要使用卡拉OK机器。

虽说抢占地盘越早越好，但是气氛却不见得也是如此。卡拉OK机器的音量会将他人强行拖入自己的圈子，这难道不是一种暴力行为吗？请大家务必记住，不要在赏樱时唱歌，实在要唱，过后请去卡拉OK歌厅。

再就是赏樱中缠缠绵绵的情侣急剧增加，这点请年轻人加以节制。因为这时人们都或多或少地心迷意乱，再看到搂搂抱抱的场面，无疑是火上浇油。再说并不是所有的人都与情侣一起去赏花，可以想象得到，这么做会使女孩子被不正经的男人纠缠，成为性骚扰的牺牲品。

哪怕出了丑也没关系，但不要忘记保持纯真的童心。

在便民店买一些薯片、奶酪之类的小食品也未尝不可，但赏樱时最好是吃烤鸡肉串、烤豆腐串之类的日本式食物。赏樱处虽大都有卖小吃的摊点，但不怕麻烦的话，也可以事先在街上口味好的店里预定。

对了，最后还有一点需要注意。大学生等年轻人，占据最好的地盘旁若无人地喧闹也是错误的。还是应该对平素难得一乐的大伯大叔及工薪族们客气一些。年轻人在赏樱时，既要玩得尽兴，又要注意控制情绪，这才是正确的赏樱方式。

初试香道

最近我在电视里看到一种游戏——将扇子轻轻地掷出去，用它来撞倒另外的扇子。通常人们会想，这么做岂不是糟蹋了扇子，再说从中能得到什么乐趣呢？可从电视上来看，这其实是一种雅致、有趣的消遣。

日本独特的游戏真是不可思议，仅凭想象很难理解它的内涵。无论是茶道还是纸牌都是如此。以至于许多人不知该如何向外国朋友讲解。

"为招待客人而沏茶，并且把它作为一种仪式。"

"嗯，就是争纸牌，谁争得多谁就获胜。"

当你进行一番枯燥无味的解释后，也许会感到奇怪，为什么这些东西会升华为一种艺术呢？其实，日本的传统游戏用语表达非常简单，这一点与国外的东西不同。日本的游戏是通过不断重复简单的动作来提高精神方面的修养，因此仅靠语言说明，只会使外国人不知所云。

香道也是这类游戏当中的一种。以香味为消遣，并猜测香的名称。仅作如此介绍，恐怕连日本人自己也不知其所以然。由香味猜香的名称，当然是鼻子好使的人获胜。为什么偏偏要制定许多规矩，闻香的女人们也全都正襟危坐呢？

仅从表面看，香道的确有许多令人不解之处，尽管如此，最近香道的人气却在直线上升。据说是那奇妙、清雅的芳香抓住了年轻女性的心。

如此说来，我也是一个迷上香道的人。顺便说一下，香气并不是去闻而是去品味。要全神贯注，摆出一副仿佛要弄清什么重要问题的架势。

也许这根本不值得骄傲，但我还是想告诉大家，我的鼻子非常好使。我不但能分辨出食物的气味，而且还能在电车内闻到眼前的人袜子的气味以及盖在饭盒中的菜肴的气味。这足以证明我很适合学习香道。我还特别喜欢读宫尾登美子写的《沉香》。书中的主人公是一个热衷于香道的不幸女人，书中列举的香木名称真可谓绝妙之极。诸如伽罗、罗国、真那蛮及真伽等有着美丽名称的香木，据说是来自于遥远国度原始森林的深处。它们经过阿拉伯及中国被运到日本。但据说最近运往日本的品种都没有什么价值。如果是数百年前的香木，小指头尖儿那么大一点就能卖到数百万日元。仅仅闻一下，不，是品味一下，竟需要数百万日元！虽说茶道与插花等艺术领域也有数百万日元的古董，但是坛坛罐罐的装饰物可以永久保存下来。而香在焚烧后即无影无踪。

听了有关香的种种传说，我越来越想揭开它的神秘面纱。可是该如何寻找精于此道之人的聚会场所呢？

责任编辑说："听说最近在文化中心有这聚会。"然则这与我所期望的并不一样。我所期望的是具有神秘性、具有某种排他性的东西。于是，编辑又进一步深入调查，终于搞到了令人振奋的消息："有一些香道爱好者在大仓饭店聚会，据说他们那儿有上好的香木。"

听说是大仓饭店，不禁使人感到有些望而却步，但是我觉得那儿定会有我所要寻找的东西。

虽说我对和服有了一定的了解，但它的礼法却很难。尽管我对别人宣扬自己正在学习茶道，可那不过是装腔作势。由于我总是逃学，学了三年还处于初级阶段，实在是难为情。我连跪坐也做不好，而且动作笨拙粗鲁，根本就不能登大雅之堂……

一边为自己辩解一边来到了饭店。今天我穿一身薄绢会客和服。为了避免穿黑和服显得老气，我选择了印有时尚的红瞿麦花的和服。

由于时间尚早，我一边品茶一边翻阅有关香道的书。书上说平安时代香非常盛行。虽说我对香一窍不通，可却知道《源氏物语》及《伊势物语》中曾出现关于香的描写。书中有贵族们焚香熏衣服的场面。

宫女们和衣而卧，感觉到有个贵公子正在逐渐走近。凭着那男子身上飘来的昂贵香木的芳香，宫女们就知道他是一个地位尊贵的人。

据说现代人与古人同样，也能根据气味分辨出香的等级。也就是说焚烧远古香木会使时光倒流。真是奇妙之极！奇妙之极！我一边兴奋地想着，一边来到大仓饭店茶室。

香道爱好者聚会的茶室中空无一人。我对编辑说："是不是时间还早啊。"话音刚落，水池处的隔扇被人拉开，从里面陆续走出身着和服的女性。我原本以为可能都是些上年纪的人，没曾想还有看上去像女大学生的年轻人。然而，她们的和服着装及举止却非同一般。我越发觉得不应该来这里，可事到如今已经没有退路。"所有的人都是由外行变成内行的。"我一直用这句话来鼓励自己向新事物挑战，可这次看起来却没那么简单。"哪儿的话，别担心。习惯了，你就能体会到其中的乐趣。当初我也是一无所知，可一下子被它迷住了。"领头的熊坂女士安慰我。她是一位优雅大方的女性。

首先按规矩点燃香木。承担这一职责的女性称为"香元"。然后从熊坂女士开始依次将香炉传递下去。由于今天是"乞巧节",所以准备了"织女星"与"牵牛星"。"织女星"与"牵牛星"这两种香都是超一流品,后来听熊坂女士说,香中加入了"伽罗"香木。

首先品味这两种一级品的香,接下来再品味另外五种香。然后将香炉的顺序打乱,将以上七种香每人再品味一次,而后将每种香的正确名称写在身边的日本纸上。

嗯,第一种香是刚才第五次品味的"盼"吧,第二种是一级品"织女星"……大家就是按照这种方式推测香的名称。这可是非常难的。顺便说一下,上一次聚会编辑也前来参观,可一种都没有猜中。虽说今天为了照顾我这个初学者,游戏规则比较简单,但是诸如"源氏香"及"宇治山香"之类有着古典名称的香,都足以令不懂古典文学的人莫名其妙。

"用右手这样遮盖在香炉上,深吸三口气。"按熊坂女士所说,我深深地吸气。可是,这样一来呼出的气流也会过大,以至于将烟灰冲得四处飞扬。

"这种吸气方法,是不是有伤大雅?"

"是啊。"

熊坂女士及在座的各位都有些尴尬地微笑着。

这期间,一直有人在大幅和纸上做记录。谁猜中了多少香,将作为一次聚会的记录保留下来。这称之为"星合香记",当然是用毛笔书写,书写者的书法也颇精湛。顺便说一句,在品香会上,我们都以名字相称,如真理子、洋子等等。这或许是对女性无姓时代的怀念,也可能是由于保持优雅气氛的考虑。然而,女人们聚在一起,并且只以名相称,总觉得多少有些不够味儿。

接下来,就要猜测香的种类了。虽然我以鼻子好使而自负,但

对我来说这是初次接触香道。这时，我明白了一件事，那就是仅凭"闻味"这一行为什么也不可能记住。因此我想，品味香气时，一定要用自己的语言去形容它。

"仿佛遥远群星闪烁的气息。"

"仿佛印度的公主骑着大象走近的气息。"

对外行来说，找到自己独特的表达方式是很重要的。所幸的是，七种香当中，我猜中了四种。虽说热情的熊坂女士多次给我提示，但是对初学者来说，这个成绩可算是相当不错的。

"啊，看来香道很适合我，我应该正式从头学习。"正当我这么想时，有人说："现在我们来作和歌吧……"由于是"乞巧节"，所以必须使用"相逢"、"思念"及"盼望"三个词语作短歌。对我来说，猜测香木种类已竭尽全力，实在没有余力再去作和歌。再说，我从来没作过和歌，特别是要使用三个特定语，这可如何是好！

"实在抱歉，作和歌我不在行……"我笑着想搪塞过去，然而，周围的气氛却完全不同。比我年轻得多的女孩子，也在流畅地运笔书写。

此时此刻，急得冒汗也无济于事。由于为难与苦恼，我差一点掉下眼泪。既然我是一个作家，而且还获得过直木奖，要是连短歌也不会写，那么就会永远成为人们的笑柄。没有办法，我只好勉强写了一首，并将它贴在了细竹叶上。写完之后，我一边喝着淡茶吃点心，一边与大家谈笑。聚会这时结束了。然而，我却担心这次聚会记录的去向。猜测香木的种类倒没什么，大家书写短歌的纸张会传到哪儿去呢？

"今天表现最出色的人会得到奖赏。"

猜测香木种类最出色的人当属熊坂女士，但是，由于我是客人，因此该奖项让给了我。这多少可以遮遮羞。香道的确是一种优雅绝妙的活动，然而，精于此道的人必须同时具备多种修养，如精通古典文学、精通和歌、精通茶道和精通书法等等。本来我打算涉足这一领域，可一打量自己，还是知趣地打消这一念头吧！

和式旅馆里的奢侈的空闲

　　每年新叶吐绿与红叶满山之时，我总想去泡一泡温泉。我想去的不是人满为患的温泉宾馆，而是宁静的日本式旅馆，那里从早到晚都可以悠闲地穿着浴衣度过。

　　年轻时，我很不习惯住日本式旅馆。首先我讨厌坐在榻榻米上，而且早晨很早就被叫醒，夜里又不能回来得太晚。那时我想，还是住宾馆好，哪怕是便宜的宾馆，因为这可以自由一些。可是，如今我却迷上了日本式旅馆，为此我还曾暗自烦恼过，是否自己已成了老太婆？然而，据编辑们说，近来的年轻女孩子也非常喜欢温泉与日本式旅馆。

　　既然如此，我就来告诉大家住日本式旅馆时应该注意的地方吧。因为我有很多这方面的经验，所以确信对大家有所帮助。

　　首先我想告诉大家，在温泉旅馆住宿时，不要做平常那些所谓的"消遣"。比方说，跳舞啦，唱歌啦等等。如果抱有上述想法，日本式旅馆与温泉将会顿时失去魅力。那时你会喋喋不休地发牢骚，说什么"怎么，就这条件""什么，必须在夜里十一点之前赶回来"。我明确地告诉大家，温泉附近的卡拉OK酒吧是当地的男人及以取乐为目的前来的男性客人们的所去之地，那儿不会接待一个突然到来的女性客人。如果想去洗温泉，并且住在日本式旅馆，还是做一些平时做不到的事吧！这就是指享受所谓奢侈的空闲。

不外出远走，只是洗过温泉睡觉，睡过之后再洗温泉。这期间，可以读一些平时没时间读的书，或是懒懒散散地看电视。当然，主要节目是与女友闲谈(如果与男友一同前往，则所有情况将发生变化，在此暂且不谈)。大家在一起慢慢地说着知心话，有时还会流露出内心深处的秘密。"唉，男女之间也许就是那么回事吧……"这也是只有在温泉旅馆寝食与共才会有的收获。

在温泉地区的旅馆住宿，我建议大家要变得像蚕一样，将自己关在茧中，悠然自得地生活。即使出门，活动范围也不要超出半径一公里，最多也就是去附近的礼品店转转，这才是正确的温泉旅行方式。宾馆那种窄小、单调的房间是为了那些日出夜归的客人所设的，对于想一整天无所事事地闲待着的人来说，日本旅馆是最合适不过的。由于只住一宿难以尽兴，所以我总是住上两宿，懒洋洋地趴在榻榻米上。

为了制造一个舒适的空间，必须注意以下几点，这也是住日本旅馆的规矩。

首先，要给女服务员小费。如果不清楚谁负责自己的房间，就交给带来住宿登记卡与茶水的人好了。按规矩，金额大概为宿费的百分之十左右。年轻客人的话，两人出三千日元就可以。年长者喜欢将小费装入口袋交给对方，而年轻人那么做会让对方不快。正确做法为，将小费仔细地用餐巾纸包好恭恭敬敬地交给对方，同时要说："实在失礼，这是一点心意，请多关照。"女服务员可以说是自己住在旅馆期间的"导演"，她们可以向客人提供更好的服务及更多的信息，与她们好好相处是有益无害的。

其次，品尝茶点时，要将旅馆的住宿指南小册子从头至尾仔细阅读一遍。你也许会从中发现，院子里提供免费咖啡。对旅馆情况

有了大概了解之后，你就可以行动了。去附近走一走也可以，在庭院中散散步也行，还可以先洗个热水澡。这里要提醒大家，千万不要走远，在旅馆周围活动一下就可以了。因为到了旅馆首先要换上和式浴衣，而身穿和式浴衣则不宜到处走动。

直到最近我都一直讨厌穿和式浴衣。我曾想，为什么女孩子们身着和式浴衣（也可以看做是睡衣）成群结队地在热海大路上行走呢？然而，最近的和式浴衣大多色彩鲜艳，而且腰带也很正规。披上宽袖棉的话，无疑是最好的休闲装。再就是一次又一次的洗浴脱下穿上的也很容易，而且穿内衣时还可以用它遮掩。洗温泉时与其故作姿态地穿制服，真不如还是穿和式浴衣为好。不过，无须过分地把腰带系得紧紧的，因为没有必要特地显示自己的身体曲线。再就是待在房间里时，虽说不见得非穿与和服搭配的布袜，但至少也要穿上普通的袜子。

最后需要注意的是洗浴的方法。我的朋友们总是因为年轻人不懂入浴礼节而发火。虽说我没有资格教别人洗浴方法，可我还是要提醒大家：

①进入浴池之前，应将身体冲洗干净。

②不要将毛巾带入浴池。

③洗头或淋浴时，注意不要将水溅到周围的浴客身上。

④用过的盆及矮凳子应冲洗一下，并要将脸盆扣过来放，这样水才能控干。

洗过澡之后，就应该愉快地进餐了。此时可以不拘礼仪。与在餐厅用餐不同，在旅馆用餐可随便一些不用在乎别人的视线。身穿浴衣，随随便便地坐着，想怎么吃就怎么吃，喝多少酒都没关系。醉了也不要紧，因为这是在卧室里呀。酒足饭饱之后睡一觉，醒来之后接着喝啤酒。

简直是神仙过的日子。在公共场所女性循规蹈矩，而回到自己房间后立刻现出原形。如此这般，似乎自己已经成了蚕宝宝。这就是住日本式旅馆的正确方法。

和式餐桌的布置

虽说我平时粗枝大叶，可到了特别的日子却总是兴致勃勃地张罗着。所谓特别的日子，是指丈夫的生日、圣诞节、家中来客人时及新年。

由于我独身生活时间长，所以家中攒下了许多餐具及桌布之类的东西。我与周围的朋友差不多，到了一定的年龄，即便去国外旅行也不再想购买服装。不过，那时会购买一些其他名贵的东西。如劳亚鲁·考班哈根、威治伍德及明顿牌瓷器。不是我夸口，我还有很多高级酒杯。结婚时，许多人都送给我们酒杯，家里酒杯多得简直可以开个酒吧。我家还有用别人赠送的购物券买的名牌刀叉，在香港花十几万日元买的蝉翼纱桌布。如果再摆上鲜花，那将是多么华丽啊！我经常这样一边轰走高兴得想跳到桌面上的猫一边沉浸在喜悦之中。

了不起，真了不起，与一流餐厅相比也毫不逊色。然而，我也很不安，因为我没有信心将餐桌布置成日本风格。为了像那么回事，我买了涂着黑漆的木制方盘，还买了夏季使用的细竹编制的坐垫，放筷子的小架也经过细心挑选。然而，我们家的餐桌怎么也体现不出日本风格。为了迎接下一个新年，我想好好学习一番。

为此，我决定向饮食专家生方美智子老师求教。老师的家非常幽静，周围还有巨大的樱树。最近老师不仅教授烹饪，而且还教授餐桌布置方法等有关饮食的各方面知识。在宽敞的一楼大厅内摆放着五张桌子。如此宽阔的空间，足可使摄像机自由地变换角度。

富有新年气息的餐桌早已布置好。虽说我对日本餐具不太了解，可也知道九谷及古伊万里瓷器都是珍品。特别是正中间的那件带盖的更是稀奇，它像是古董，可色彩鲜艳的花纹使它显得很现代。

老师说："这件物品，是从老家的仓库里找出来的。"

据说生方老师是著名的和歌作家生方立江的独生女，她出身于历史悠久的世家。后来我又有幸看到了生方家的重叠式木饭盒，这样的东西一般只有在美术馆里才可见到。

我问："老师您的出身自然与众不同，那出身于普通人家的女孩子，怎样才能成为像您这样的饮食专家呢？"

老师说："还是要靠努力学习，将所学的知识一点一滴地积累起来。"

虽说近来流行日本饮食，可真正懂得日本饮食文化的人却寥寥无几，这实在是令人遗憾。

老师说："想要体现出日本风格是一件很难的事，我到了这种年纪，还要每天坚持学习。从餐具的历史到江户、明治时期的餐具组合，都要认真去学。越是学习越能领略到日本风格的奥妙。"

日本饮食中最基本的餐桌布置，还是品茶前简单菜肴的摆放，要将三菜一汤摆得美观大方。左侧摆放饭碗，右侧摆放汤碗，而三角形的顶点位置则摆放菜肴。可是，这次的餐桌布置，由于要加上酒水，所以小碟成了重点。仔细一看，便会感到这次是正式套餐，其中也不乏生方老师独特的创意，如将水瓶作为酒具使用，用鲜花点缀木饭盒等等。

老师说："掌握了基本要领后，年轻人可以按照自己的想法来

布局，我想每家都会有旧时的餐具，让这些餐具产生新的创意，也是非常有趣的。"

我问，我们家也常常吃日式晚餐，为了节省时间并显示出丰盛，我总是将菜满满地盛在备好的韩国青瓷大盘子里摆上桌，这样做可以吗？

生方老师微皱着眉头说："把菜一下子全摆到桌子上，岂不就像在旅店吃晚饭了。使用大盘子倒没什么，菜还是一道道地上为好。也可以使用餐车慢慢地上菜。这样才会引起食欲。"

果然如此，最近我对杂志中提到的"大盘菜"多少有一些疑虑，经老师这样一说，我的想法得到了证实。

不久，生方老师亲手制作的蛋糕与红茶端了上来。银质托盘内铺着镶花边的垫布。生方老师就站在我身旁，注视着我的一举一动，我不禁紧张起来，因为老师毕竟是一位熟知礼法的人。

我小心翼翼地问："您看，茶匙这么放可以吗？"

老师说："可以，不过，用茶匙搅动时，最好是将茶沏上，稍后再左右轻轻地搅动。"

迄今为止，我的确总是随意地用茶匙搅动。啊，真难为情。对我来说，学习日本风格餐桌布置之前，要学的东西实在是太多太多。

在国外受欢迎的礼品

今年的圣诞节与新年都是在纽约度过的，看起来这是令人高兴的事，可刚开始由于天气太冷根本就出不了门，只好一个人赌气在宾馆房间内看书。结果，夫妻间又是大吵大闹，不得不提前回国。总之，烦心事一大堆。

然而，从长远看，组建家庭还是利多弊少，特别是去国外旅行时会使人感到方便。就拿我丈夫来说吧，在他高兴时，他就会陪我一起购物并帮我拿东西。对我来说，他还是一名出色的翻译。无论是看电影还是用餐，两人一同前往可以省去不少麻烦。而最主要的一点是回国时在成田机场的免税额度。因为我丈夫几乎不买什么东西，所以我可以利用他的免税额度大量购物。这样一来，我再也不用在回国的飞机上用计算器计算着"是不是已经超过二十万日元"了。

不过，即使不沾丈夫的光也没关系，因为最近我不怎么购买名牌物品。以前我常会干一些傻事，比方说一下子买三个和氏的凯莉背包或几件香奈儿的服装，这些都在成田海关交了很高的税。

最近，我总是大量购买虽并非名牌却讨人喜欢的东西。比方说玩具形的闹钟及胸针，在普通百货店遇到的围巾及手提包，还有许多随意买下的布制动物玩具等等。我想不少人都有过这种经历，在回国前夜，我总是为把它们装入旅行箱而大伤脑筋。不过，其实也没什么难办的，把这些数量庞大的礼品之类装入纸箱中也就是了。

最近几年，从日本动身之前，除旅行箱之外，我还预备一个纸箱子，里面大多是装一些送给在国外的朋友的礼物。回国时，我便用那纸箱再装上在国外买的礼品，这实在是方便。

去时的纸箱中，装满五花八门的物品。书很受欢迎，还有日本的电视节目录像，特别是那些荒诞无聊的闹剧更受欢迎。由于居住在国外的日本人大多会收到脆饼干及羊羹之类的礼物，所以杂志、录像等反而受欢迎。

这次，我将去纽约与在那边公司研修的朋友共同度过假期。朋友说纽约什么也不缺，只想读日本的杂志，因此我带去一纸箱杂志。朋友非常高兴，听说每晚都看到深夜。

对于给在国外的日本朋友送礼，我可以称得上是行家里手。然而，给外国朋友送礼却使我感到为难。由于国家不同，而且又不了解对方的情况。

我曾去过莫斯科，那时，在廉价商店购买的五百八十日元的计算器便可使那里的人心满意足，还有连裤袜，我曾以为送人会显得失礼，没想到那边的女性笑容满面地接受了。可是，在纽约送计算器和连裤袜，却是要被人家嘲笑的。那么具有日本特点的东西会受欢迎吧，其实事情并非如此简单。如果认为所有的外国人都对日本感兴趣，收到扇子或叠纸工艺品时会说"好极了"，那可就大错特错了。外国人有时会故意装出非常喜悦的样子，因此不能疏忽大意。

我认为，与美国人相比更多的欧洲人都喜欢扇子，也许这是我的偏见。新事物能否被接纳，取决于那个国家有没有与之相似的事物，根据这条有名的规律，我们会发现，因为西班牙及法国有传统的扇子，所以那里的人们笑容满面地接受日本的扇子时，大概并非是出于礼貌。

话虽如此，我们在接受法国人的赠品时，若问花边扇子与香奈儿的化妆品两者之间会选择哪个时，我想大家都会说"当然是香奈儿啦"。看来，与稀奇古怪的具有日本特点的东西比，大家还是更喜欢漂亮、实用的东西。

最近，在我送给外国人的礼品当中，森英惠的纱巾(特别是蝴蝶图案的)及资生堂的香水比较受欢迎。因为森英惠与资生堂毕竟是世界上的知名品牌。不仅仅在美国与欧洲，东南亚国家的女性也大都知道这些品牌。

如果预算充足的话，送索尼的小家电当然会使对方欣喜若狂。不过，赠送时机却难以掌握。因为在有些国家，送贵重礼物反而会使对方感到惊讶莫名。

临近岁尾，我在歌舞伎剧院发现了印有歌舞会插图的挂历。我决定买下来作为去纽约时送给外国人的礼物。这种挂历具有日本特色，不仅实用，而且对方都会轻松地接受。

在我最近收到的礼物中，最喜欢的一件当属美国走红作家艾米·旦送的蒂芙尼牌圆珠笔。一想起像她那样的人也会选择名牌物品送人，我就会喜不自禁。

麻将至今乐无穷

随着天气变冷，又到了需要温暖的季节。我想约朋友一起去卡拉OK，可又打不起精神。长时间唱歌使人疲劳，再说，总是同样的人去唱同样的歌，早已听腻了。

一天晚上，我看深夜电视节目时，竟出现了令人怀念的麻将桌的特写镜头。松本明子等如今走红的演员们正在打麻将。

啊，真是久违了。好久没摸麻将牌了。据说，由于麻将"庸俗"、"沉闷"，所以早就过时了。以往学生区随处可见的麻将店也都接二连三地倒闭了。

然而，直到前几年为止，人们还以为卡拉OK是上年纪的人的专利，年轻人去那儿有失体面，可如今不论男女老少，大家都去卡拉OK。在卡拉OK厅里唱演歌，已不再是什么难为情的事。

我敢肯定，现在的年轻人并不善于与别人打交道。也许有人会说，没那回事，他们每晚都与朋友在电话中长谈，而且片刻也离不开手机。话虽如此，但那是在电话介入这一前提下才得以实现的。他们不善于和对方就某一方面问题展开面对面的讨论。尽管他们喜欢坐在卡拉OK厅的沙发上漫不经心地闲谈，但讨厌就某一话题展开深入的议论。如果不是这样，为什么总是想去卡拉OK唱歌呢？对这种几乎不开口说话的游戏，又怎能捺着性子玩五六个小时呢？

就这点来说，麻将可以说是最适合现代人的游戏。打麻将时，可以边玩边谈，而且没有卡拉OK厅那种噪声，能够心平气和地交谈。虽然在麻将桌上说的话都很无聊，但那也会使人愉快，大家会你一言我一语地说着俏皮话。

麻将最大的好处，就是在游戏时可以吃喝。虽说卡拉OK也可用餐，但那儿的菜类似于快餐，实在是过于寒酸，而且还不许客人自带饮食，违犯者将被罚款。相比之下，麻将店的菜十分丰盛。我曾一度常去的青山的一家麻将店从沙锅面条到鸡尾酒应有尽有，在那儿可以吃一顿蛮不错的晚餐。那儿还有餐后甜品。我想如今的麻将店也会应客人的要求提供拉面及寿司。

如果有人觉得麻将店里都是些男人，自己混迹其中不方便的话，那么也可以在自家玩。只要准备一张四方的桌子，无论何时何地都没问题。顺便说一句，玩麻将赌钱是违法行为，要赌的话可以赌一些巧克力之类的东西。也许有人认为麻将很难学，其实并非如此，只要学会几招就可以了。而且，运气好的话，初学者也能够获胜，这正是麻将的有趣之处。

最近我迷上了电脑，沉醉于以往的电子游戏《上海》之中。然而，麻将的乐趣并不是电脑及电子游戏所能相比的。可以说，麻将游戏中的刺激与策略，是任何游戏都无法代替的。现在的人已经在玩电脑、电子游戏及卡拉OK中打下了玩麻将的基础。可以说现在时机已经成熟，因此我才站出来号召大家："重新回到麻将桌旁吧！"

不过，玩麻将的环境有必要改善。以前在家中玩麻将，总是使用日式取暖桌，我觉得还是使用短脚方桌为好。再在周围摆放一圈靠垫，就会显得更加舒适。与其喝威士忌，不如喝葡萄酒并吃些奶酪，然后再准备足够的水果。

麻将本来是中国的游戏，如今在日本可以说已经具有自己的特

133

色。把它进一步改变成为全民族的游戏如何？虽说西洋双六及国际象棋之类的游戏也有趣，但麻将实在是使人着迷。玩过一两次就会身陷其中而不能自拔。

在寒冷的冬夜，真想找一些男孩子高高兴兴地玩一通。于是，我将各所大学的男学生招呼到了一起。他们都很英俊，这也符合我事先的要求。可是，他们麻将打得不好。以前，当我还是女大学生时，我总是跟男生一起泡在麻将店里，可由于我打得不好男生们都不愿意和我玩。那时，犹如职业选手般高水平的男生多得很。

由于以前我总是与强手对抗，所以如今的男生们根本就不是我的对手。一经谈话才知道，原来他们不经常玩麻将，而且也不经常与女孩子一起外出游玩。

我问："那你们平时都干什么呢？"

他们回答："在家里玩电子游戏。"

实在没劲。堂堂日本男子汉不应该一个人闷在家里偷偷地玩游戏。虽然我大声训斥他们，但同时又约好下次再一起玩麻将。

近观大相扑

有人送我两张一月份举行的相扑比赛门票，而且还是前排坐席。太好了，这可是前排坐席啊！也许有人会说"哎呀！遗憾，不是贵宾席"，说此话的人其实一无所知。前排坐席是指环绕着相扑台的坐席，贵宾席在它的后面。在贵宾席观看比赛，可以按照以往的传统边吃边喝边观看。本来贵宾席的门票中就包含了礼品的费用，礼品有烤鸡肉串及豆沙甜点等物。

不过，前排坐席不可以饮食，在那儿必须规规矩矩、一心一意地观看相扑比赛。由于受若乃花、贵乃花[1]热潮的影响，如今连二楼的普通门票也要通宵排队才能买得到。贵宾席门票大多掌握在企业手中，没有门路是搞不到的。比贵宾席还要靠前的前排坐席，与其称之为"白金坐席"，不如称之为"钻石坐席"更恰如其分。如果有谁听说我有前排坐席门票后欣喜若狂地羡慕说"是吗，太好啦"的话，那么我就请他一起去观看比赛。

基于这种想法，我最终邀请了内馆牧子。内馆喜欢相扑可不是一天两天的事，这一点与我不同。她年轻时曾是北富士(如今的九重师傅)的狂热崇拜者，而且还写过著名的"千代富士的故事"剧本，是一个不折不扣的相扑迷。

她拍着胸脯说："关于相扑，有什么不懂的地方问我好了。"

"太好啦，以前我在贵宾席观看过几次比赛，前排坐席还是第一

① 两兄弟，是日本红极一时的相扑运动员。——译者注

次，穿什么衣服去好呢？"

"最好穿长裤或长裙。前排坐席非常狭窄，每人的空间只有一块坐垫那么大，因此要穿便于盘腿的服装。"

于是，我带去了一条大披巾。

国技馆门前人山人海，挤满了想一睹若乃花、贵乃花兄弟入场时风采的人。我仅是从人群中穿过就感到恐惧，更不用说每天都被众人围住，身体被大家你一下我一下地摸来摸去的若、贵兄弟是何种心情了。

两国是庶民区，这里有着独特的气氛。平时，无论走在大街上还是咖啡店里，都会遇见相扑选手。他们有时也玩电子游戏，也喝咖啡。这儿的票贩子也与代代木、武道馆等地不同，他们身穿貂皮大衣，一看就是黑社会的人。进入国技馆之前，内心仿佛就被这种肮脏杂乱的气氛搅得忐忑不安。

拿着门票进入国技馆之后，首先要去相扑茶室，这是沿袭旧的习俗，不允许观众自己直接到坐席上去。而要将小费交给与呼唤选手上场的人穿着相同服装的接待员，由他带领去找坐席。

坐下之后，我大吃一惊。我的座位在第五号，而且是紧挨着过道。

内馆也兴奋地说："我也曾观看过几次比赛，可还是第一次坐这么好的位置。"

我们靠的过道为"东花道"，举行十两与幕内①选手的上场仪式与正式比赛时，都可以清楚地看到若、贵兄弟。贵乃花就在我面前三十厘米处晃悠悠地走着，可以清楚地看到他后背上的粉刺，他的皮肤富有光泽，非常漂亮。只要一伸手，不，无需伸手便可触及。由于离得近，后面的阿姨们叫嚷着："我摸了他的背！"当然我们不会

① 十两、幕内为相扑级别。——译者注

做那种有失体面的事。

内馆低声说："你看他的脚。"他那巨大脚掌的脚趾一根根地叉开着，的确使人感到站在地上是多么有力，脚上沾着的泥土也体现出男子汉的气概。

以前我就认为雾岛相貌堂堂，如今近在咫尺，觉得他更加英俊，令人赞叹不已。而使人魂飞魄散的还是小锦①，他的身躯大得无法形容，仿佛是一堵巨大的肉墙在移动。与他相比，自己简直就像营养不良的儿童。

他每走一步，大腿内侧的肉都要如波浪般抖动。他一出场，我们这些坐在过道边上的人都不由得侧身相让。明知失礼，但我还是禁不住小声问内馆："唉，他如何做爱呢……"内馆说："我也正在想这个问题。"她丝毫不认为我们的想法下流，倒觉得我们碰到了一个严肃的问题。

也许是因为今天出场较量的双方都是有名选手，场内早就挂出了"满员乞谅"的垂幕。以前看电视时没注意到，相扑选手们漱口时用白纸将嘴遮住，然后吐出口中的"力水"时，那"力水"去势迅猛，仿佛要将泥土劈开。

还有一个发现，在这儿工作的少年特别多。看起来像初中刚毕业的少年们勤快地做着运水、拿悬赏旗等工作。"真不得了啊，有这么多初中毕业的男孩子，可真称得上稀奇。如今企业，哪儿都人手不足，可他们不去。看来相扑界还是有吸引力的。"我们边走边谈，到了浅草。叫了一份火锅，喝过几杯日本酒后，心情才渐渐平静下来。

① 小锦来自夏威夷，在众选手中体重最重。——译者注

137

制作和式甜点

很少有人知道，学生时代我曾在豆沙甜点专卖店打过工。刚结婚时，我经常邀朋友来家中吃饭，那时我曾做过糯米粉团小豆粥。虽说只是在买来现成的小豆粥里放进自己做的糯米粉团而已，可却博得了大家的好评。真令人不敢相信，从那以后大家都在家里做起了糯米粉团。世间的事实在是不可思议，有时坏事也会给自己带来好运。以前，打工时的店老板逼着我学习制作糯米粉团，没想到后来成了博得大家赞扬的手艺。

近来，不少女性都自己动手制作各种西式糕点。可是，制作日式点心的人却为数不多。他们也许觉得买来更方便，在此，我想明确告诉大家，制作日式点心并不是什么难事。尽管有一些东西要求具备高超技艺才能制作，但是像羊羹、烤豆饼之类的东西在自家就可以做。而且日式点心的卡路里也比西式糕点低得多。如此看来，日式点心的优点还真不少。何况，夏季即将来临，在这种季节里吃涂满奶油的西式糕点会使人感到更加闷热。当然我不是因为正在减肥才这么说。还是吃些自己亲手制作的爽口的羊羹及什锦甜点为好。再说制作方法也非常简单。

说是这么说，我却根本不会做这些东西。迄今为止，我仅仅做过糯米粉团和烤薯饼而已。不过，铃木老师也说过"日式点心的制作方法其实很简单"。

铃木登纪子老师是一位饮食研究家，我们常常会在电视及杂志上看到关于她的消息。受杂志社的委托，我曾采访过老师如何做年菜。老师的过人之处，就是一眼就能看出学生的水平，然后根据各人具体水平施教。即使是初学者，也会让你轻而易举地学会。首先向老师请教的是如何制作水羊羹，我们用的是商场出售的红豆馅儿。

　　老师说："即使从煮小豆开始也没什么难的，我煮小豆时用强火，没有必要将烧开的水倒掉重煮，那样会使小豆走味。不过，煮豆过程中一定要仔细地撇出浮沫，只要记住这一点，谁都会成功。"

　　不过，用商场出售的红豆馅儿为原料的水羊羹也非常好吃，这使我懂得了亲手制作食物的乐趣。很久以前我就觉得在外面吃的水羊羹、喝的啤酒总是太凉，吃起来并不舒服。

　　据老师说，将豆沙汁倒入模子放入冰箱，大概两小时后就可以食用。

　　接下来学习制作糯米粉团甜凉粉。在此，我又重新学习了制作糯米粉团的方法。最后，老师将做好的糯米粉团用食指与拇指轻轻地按着。仅仅是这么一个简单的动作，糯米粉团却眼看着变得使人想吃。我深深地认识到，自己打工时学到的一知半解的知识是远远不够的。

　　我切身体会到糯米粉团甜凉粉是多么好吃。在我小的时候，妈妈就经常做给我吃。在我的印象中，以前里面大都放罐头橘子，而今天做的还加进了猕猴桃及杏子，真是超水平的。我觉得要是再加进时令水果的话会更好吃，可老师说按照常规此类的甜点必须使用水果罐头。老师说："新鲜的时令水果，就那么生吃不是更好吗？"

　　我赞同老师的说法。日式点心也是非常利于保持身材的。红小豆属于豆类，甜凉粉是用洋粉做的，而洋粉在海草类中富含营养，

正如大家所知，它的卡路里为零。只要注意不加入太多的蜜汁就没什么问题，因此我总是放开肚皮吃。据老师说，最近在和食界中把水果划入了甜点这一类里，而夏季的点心本来也指的是这种水果甜点。

"那样摆不太好吧。"老师提醒年轻的女性助手们，"像这样随意地装盘，根本就不能使人感到好吃。"

我问："老师，上日式点心时，最重要的一点是装盘的方法吧？"

老师回答："是的。作为饭后甜品，一定注意量不能太多。不够吃的话，客人们可以再要一份。另外，此类点心要注意温度不能过高。"

最后是学做葛粉团。制作甜汁的窍门是将红糖与白糖混在一起稍微煮一会儿。小吃店里卖的都是只使用红糖制作的甜汁。据老师说，加入白糖可使味道变得柔和。我想，在夏季这样才不会腻人吧。

我说："老师，京都有家出名的'K'店，那儿的葛粉团越做越糟糕。他们总是将葛粉团提前做好放着，结果都粘在了一起。"

老师说："就是嘛，明明是自己在家就能毫不费力地做出好吃的葛粉团，可为什么女孩子都喜欢去那儿呢？"

对！今年夏天我要再次在家中举行晚餐会。我将身穿和式浴衣，在桌子上铺竹制棕垫并摆上蓝色的餐巾。吃完饭后，再上几样今天刚学会做的日式点心……

老师笑着说："林女士，实在抱歉，今天学的不能算是日式点心。因为都非常简单。"

美丽的日式糕点

　　当然我很喜欢吃西式糕点，年轻时甚至用它来代替主食。可如今，每当我的嘴接触奶油时，总有一种近似悲哀的自我厌恶，心想："我这辈子注定要变成猪啦。"

　　我喜欢吃蛋糕。不过，又想尽量选择热量少的来吃，在不觉之中，我把目光转向了日式糕点。正如大家所知，日式糕点的卡路里要比西式糕点低得多。甚至连铃木园子老师也说日式糕点对减肥有益。为此我想，要是有一种介于日式糕点与西式糕点中间的食品的话，那它将是多么好吃，吃起来将会多么使人放心啊！

　　有一天，我家餐桌上摆上了二十多个蛋糕。与我共同品尝的是我的亲戚秋子，她是个大学生。她经常来我家做客，看到有这么多蛋糕，她高兴得手舞足蹈。我理解她的心情。我像她这种年龄时，看到蛋糕也是欣喜若狂的。虽说那时我就不算苗条，但也没像现在这么一副惨状。

　　最近，每当吃蛋糕时，我总是叨叨咕咕的。有时，虽说已流着口水拉开吃的架式，但总是被那仅有的一点点理智所阻止："不行，不行，绝不能吃它！""可今天是日式的啊！"我嘴里嘟哝着，"它比西式的卡路里低。"然而，蛋糕基本上都大量使用奶油，所谓日式，似乎是在其中加进了粉茶。我居然使用了"似乎"这个词，分明早就清清楚楚，却假装不知道，然后张大口咬住蛋糕。真没办法，

吃甜食时自己竟对自己耍起花招。不过，这种粉茶味道的奶油的确好吃，发明它的人真是伟大！

我吃的蛋糕是堪称日式蛋糕老字号的"银葡萄"制作的。那儿的粉茶豆沙馅也香甜可口，梅与柚子奶油冻味道也不错。这家店的奶油馅哈斗特别有名，据说竟被称为"仙果"。百货店地下超市卖这种点心的柜台前总是排成长队。别人也经常送我这种点心，可我却并不认为有多么好吃。虽说粉茶味道的奶油好吃，可这种点心的皮太薄，对此我感到美中不足。因为奶油馅哈斗的味道有一半是存在于外皮上。我喜欢香甜而有嚼头的外皮。

那么，还是回到正题上吧。总的来说，用粉茶做的糕点基本上都很好吃。粉茶微微的苦味与奶油的香甜味道搭配在一起的确很妙。小豆的味道虽也不错，可小豆泥馅的点心却很少。原来，由于小豆泥馅的味道独特，用它会盖住其他味道，所以使用时大都不搅成豆泥，仍然保持粒状。点缀在豆汁冻上的小豆颗粒看起来非常诱人，在炎热的夏季，甚至还会给人带来一丝凉意。我深深地感到，虽然量少，但小豆的味道还是可以使人意识到是在吃日式的点心。

就这样，我一边评论一边吃着糕点，不知不觉之中竟吃了三块。虽然当初我只是想"尝尝味道"，将每块蛋糕切成四份只吃其中一份，可最后竟与秋子两人一块接一块地吃了起来。说瘦身减肥？那不过是挂在嘴上而已。

我得出这样的结论，虽说日式糕点似乎与卡路里并无多大关系，但果冻姑且不论，几乎所有的日式糕点都涂满了奶油，所以说，为了瘦身而吃日式糕点这一想法本来就是错误的。我认为，吃日式糕点就是为了尝个新鲜，就是因为好吃才吃。

如今，我也产生了学做日式糕点的想法。我想吃适合自己口味的东西，比方说馅多的糕点，将大量小豆馅与奶油涂在刚烤好的蛋糕上吃起来该是多么香啊！我得赶紧去买制作糕点的材料。

像我这种不常做糕点的人，往往在烤蛋糕的底部这一阶段就会失败。所以我总是买日清食品公司调好的蛋糕粉。只要在这种材料中加入牛奶和鸡蛋，再将它放进烤炉用180度的温度烤四十分钟，谁都能做出松软香甜的蛋糕底座。

再将搅拌过的奶油与罐装豆馅抹在蛋糕上面，它简直就像味道独特的豆馅烤饼，吃多少也没够儿。我一贯认为，自己动手做的糕点，刚做好就趁热吃的话，要比商店里卖的好吃得多。可一旦变凉就很难吃，根本无法与商店里的相比。因此，做糕点时要将家人都叫来，做好之后就马上吃光。在这一点上，糕点与意大利面条很相似。

我一个人也许吃了所有蛋糕的四分之一。豆馅与奶油实在是对路。以前，当我还在读大学时，打过网球之后必定要吃奶油豆沙甜点。冰淇淋与红豆沙混合在一起可以说非常绝妙，我做的蛋糕与它十分相似，不过，唯一的不足就是不美观。

在这方面，市面上出售的日式糕点全部都是"美人"。因为在这些糕点"美丽的面孔"中，混合有稳重的日本姑娘的可爱血统。

"嗯，到底还是混血儿漂亮。"我自言自语地点着头。

品味日本酒

　　夏季的啤酒实在爽口，以至于喉咙总是"啤酒啤酒"地呼唤着。为了满足喉咙的要求忘乎所以地喝上一大口，你会感到："啊，夏天真好，活着真好，为什么要减肥呢？"

　　然而，当你喝光一瓶啤酒时，是否曾有过舌头不听使唤的感觉？这是因为菜与啤酒不对路。炸鸡肉块、炸土豆饼及毛豆等啤酒店特有的菜肴姑且不论，当你怀着忍痛破费的心情前往高级日式餐厅时，那里的菜总会使啤酒消灭得飞快。

　　于是，有些女性将饮品换成乌龙茶或清凉饮料之类的东西。但是，请等一下，其实夏季进餐，正是品味日本酒香的大好时机。

　　以前，曾出现过日本酒热，当时年轻女孩子们也钟情于它。然而，浪潮过后，就只剩下纯正日本酒与老大叔们做伴了。其实，要想弄通日本酒可不是一件容易的事，要从产地、品牌及味道等方面进行鉴别，然后才能得出结论。这一点与鉴别香水相似。既有清爽型，也有香味浓郁型。

　　品味葡萄酒也需要有很高的学识，这是一门很深的学问，而且要花费很多钱。年轻女孩子对"玛鲁高"及"拉土鲁"之类的品牌评头品足并不是什么好事。在这一点上，我是一个男性至尊论者。我常常对周围的女孩子们说，葡萄酒这一领域还是交给男人为好。本来，多数情况下，只有男人请客，餐桌上才会出现葡萄酒。如果那时女人占了主导地位，会使男人变得很可怜。因此，最好别做使男人拿着账单的手发抖的事。虽然不是说让你成为吃请的行家，但也要对葡萄酒表现出无知的样子才算得体。"哇，这酒很好喝，有布鲁高尼及夫鲁帝的味道，非常醇厚。"最多这么说也就可以了。

而日本酒这一领域，是值得年轻女孩子开拓的。"啊，这家店里有西关酒，今天吃海鳗喝它比较好。"年轻女孩这么说，虽然会使人感到出乎意料，但却没有就葡萄酒指东道西的那种令人不快的感觉。说真的，无论年轻女孩对日本饮食文化具有多渊博的知识，也绝不会使人感到不愉快，相反还会表现出自身的才智与良好的教养。

最值得称道的是冰镇过的日本酒的醇香。夏天的傍晚，喝着装在结霜的玻璃杯中的日本酒，是日本人才有的幸福。首先从品牌酒开始喝，当能感受到它的微妙之处后，再喝其他的酒，就能品出酒的好坏。在此，我想举出我所喜欢喝的几种酒。

首先是"西关"酒。自从十多年前常去的寿司店向我推荐这种酒以来，我一直都爱不离口。而且非常偶然，某女性杂志社我的责任编辑的老家就是经营该酿酒厂的。在位于国东半岛的大部分酿酒厂里，他那毕业于东京大学酿造系的学有专长的父亲，经过反复研究才造出了这种独一无二的名酒。虽然有"好酒似水"这一说法，但我认为这种表达方式半对半错。名酒流过喉咙的确如水一般，可水并没有那种无法形容的高雅芳香。

"浦霞"也是一种醇香的酒。由于酒性烈，因此从舌头流进喉咙内的感觉无比美妙。

在以酿酒厂为题材的电视剧《夏子之酒》中出现的"龟之翁"也是有名的酒。该酒从制酒的原料——大米开始培育，经过不断努力，培育出优质大米，这才得以酿造出现在的名酒。此酒也妙香绝

伦，将它含在嘴里会感到耳朵和鼻子内仿佛笼罩着一层软绵绵的东西……

我向大家介绍了三种酒的特点，对每种酒我只能使用"醇香"、"好喝"之类的词汇来形容，实在是可悲。也许形容日本酒的味道是极其困难的事，对每种酒只能凭借自己的舌头与鼻子去品味，用自己的语言来形容它们。正因为如此，喝日本酒会使人愉快。

夏季的傍晚，在夕阳下与喜欢的人一起吃寿司或高级菜肴，这时唯一的选择就是喝装在冰镇过的酒杯中的日本酒。成年女性与恋人约会时，穿和式浴衣会显得过于随便，所以应穿长衬衫和凉爽的麻布和服。头发要扎起来，妆也要化得淡一些。此时喝上一杯日本酒，会使人完全沉浸于快感之中，你会觉得生为日本人真好，度过这样的夜晚实在是美妙。这是吃意大利菜体会不到的夏季的乐趣。

另外，名酒大多难得一见，如果在去酒馆饮酒时侥幸遇见的话，我劝大家务必品尝一下。

"善饮者才饮"的日本酒

最近酒量明显减弱。这么一说，大家一定认为我迄今为止整天泡在酒里，其实，我并不像想象中的那样好酒贪杯、夜不归宿。以前，每当看到喝得烂醉如泥的女人衣冠不整地倒在车站的月台上，我就发誓决不能喝成那副样子。所以，我总是在自己酒量范围内饮酒，从来没有多喝过。

我为节制自己的饮酒量，时常在席间改喝乌龙茶，以至被眼尖的人看到后说："你那种狡猾的喝法会扫大家的兴。"话虽如此，其实我也有乱喝一通的时候。大家交杯换盏地喝着，不知不觉之中五人竟喝了一瓶半一升[①]装日本酒。还有一次，由于菜非常好吃，两人越喝越顺，转眼间就喝空了八瓶一合[②]装日本酒。对当时的我来说，这些都算不上什么稀奇。

现在回想起来，那种喝法真是太可惜了。像"久保田"之类的酒，实在不应该用大酒杯咕嘟咕嘟地喝。有一次，酒店老板特意给我们开了一瓶珍藏多年的"久保田"，结果整瓶酒全部报销，酒店老板那遗憾的表情至今仍印在我的脑海里。

日本酒实在是香醇无比啊！我很早以前就喜欢喝"龟之翁"与"西关"，但由于这些酒很受大家欢迎，如今反而难以搞到。最近我把目光转向了"男山"与"上善如水"，可它们的人气也急剧攀升。饮酒的嗜好与喜欢电影明星一样，常常因偶然的机会而喜欢上他。

① 日本的一升为1800毫升。——译者注
② 一合为180毫升。——译者注

有时也会向人吹嘘，被对方说一句"你真有眼光"就喜不自禁。不久，随着他成为电视节目黄金强档的主角，你的心情又会变得复杂起来，高兴之中也掺杂着一丝寂寞。对越发多起来的疯狂追星族开口闭口都是他的名字也感到讨厌，就这样，你与他之间的距离会越来越远。

如今，还是远离那些备受推崇的品牌酒，喝一些"善饮者才饮"的酒为好。不过，"善饮者才饮"的酒实在是难得一遇。正因为如此，当你在酒柜里看到这种酒时，你是会心跳加速的。

现在的季节喝凉酒比较合适。如果用和服来形容的话，穿单和服要喝常温的酒，穿夹和服要喝烫过的酒，而穿薄和服要喝冰过的酒。

在吃海鳗鱼块之前，首先用玻璃酒杯喝三四杯凉酒。这种快感是无法比拟的。你会感到内心深处传来微微的颤动：今天也一如既往地在酷暑中工作了一天。多年来不倦地工作在自己的岗位上，既不容易，也了不起……

长大成人之后很少会听到别人称赞自己，就这样一边自夸自赞一边一杯接一杯地喝。然而，不久我就放下了酒杯。最近我总算明白了，喝到连酒味都不知道的程度，便对不起酒了。舌头的功能是有限的，如果已分不出酒的味道，就应该到此打住。

就算别人说我留有余地，使大家扫兴，我也坚决要以茶代酒。冰镇乌龙茶看上去很像加水威士忌，对方喝醉的话，根本就辨别不出来。

以前餐后总是按照老一套去唱卡拉OK，而最近很久都不摸麦克风了。接着再喝时，我们常常去安静的酒吧喝上几杯鸡尾酒，最多也不过待一个小时，然后带着美好的回忆静静地踏上回家的路。

我喝酒还有一个乐趣，那就是会产生自己已经成熟的满足感。

Chapter 4 _____ 女人，要精通购物的诀窍

国外购物要小心

去国外旅行时买什么好呢？

买名牌商品固然好，但我想大家对此早已厌腻了吧。看到那些在"路易·威登"专卖店门前排队的大叔大婶们，使人感到仿佛是"百年恋情的觉醒"。而且，据说最近日本人哄抬物价，无论在哪家商店购物都不便宜。就在前几天，我去了新加坡，我觉得那儿的名牌商品比日本便宜两三成。

在那之后，我又去了韩国，那儿的情况更让人吃惊。我随便去宾馆隔壁的免税店转了一转，香奈儿的双色鞋竟售三百三十美元！

而且，国外的商家大多贪得无厌，他们总是认为日本人会购买大量商品。香港商家店员的服务恶劣，长期以来毫无改进，我想还是不要在亚洲购买名牌商品为好。

在欧洲的风情中购买"当地特产"姑且不论，到了曼谷、首尔便瞪起通红的眼睛四处收购时装，这样做只是在浪费时间。因为还有许多诸如寺庙及各种市场等值得一看的地方。

什么？你说在曼谷的盘宁西拉市场看到过我？啊，是这样的。我那是在"刺探军情"，是为了向大家传递信息。商品的价格非常昂贵，令人只能连连地说"我只是随便看看"。情况确实如此！

不过，亚洲"当地生产"的服装还是值得一看的。在百货店或市场选购各种当地特产实在是一件高兴的事。

所幸的是，民族风格正在日本逐渐扎根。

亚洲是民族特色商品的巨大宝库，各种装饰品及民族服装便宜得令人难以置信。

不过，没有必要见到什么就买什么。我想谁都有过这样的经历，回到日本后，在国外狂购的物品都成了没用的东西。就像魔法被解除一般，你对它既不喜爱，又失去了兴趣。

这都是因为你没有考虑到两国的环境等差异所造成的后果。在炽烈的太阳下，那样充满魅力的原色纱巾及木雕手镯都变成了华而不实的便宜货。显然，这些都是始料不及的。

我有过这种教训，总结出一套经验。在国外买装饰品时，首先要买上等材料的制品，还要选在当地稍显朴素的东西。我决意牢牢记住这两条。再就是外观越简洁越好。在日本，精工细作的金银工艺品会显得俗气，而图案简单的镀金工艺品比较合适。

按照自己的购物原则，七月份我在雅加达买了一条纱巾。这是在沙里那百货店买来的，大约花了三千日元。按那边的物价标准来衡量，算是非常昂贵。然而，它是用优质丝绸制成，而且还被摆放在特别的玻璃橱窗里。

店员曾向我推荐色彩鲜艳的大号纱巾，而我选择了色调雅致的中号纱巾。

民族风格实在难以掌握。像我这样的成年人，从头到脚都换上民族装饰的话，就会显得非常俗气。今年夏天，我穿黑色的塔那·卡兰牌西装夹克时，经常用这条纱巾。我将头发随意地用雅加达风格的丝绸纱巾束在脑后。

我的这身打扮博得了大家的好评，我记得大家都夸我的纱巾恰到好处。

然而，由于丝绸质地非常好，所以表面发滑，可我却没能注意这一点。以前我丢失过两条和氏的纱巾，为此还哭过鼻子，这次丢失爪哇岛产的印染纱巾我也特别心疼。这次是我到银座的茶馆时，发现束在头上的纱巾不见了。

　　刚丢纱巾时，我没怎么把它当成一回事，认为在日本可以买到世界上的任何东西。况且今年夏天流行民族风格的东西。我想此类的纱巾一定可以买得到。

　　然而，我的努力最终落空。虽说百货店及时装店到处都卖国外风格的纱巾，但大部分都是棉制品，而且色彩和图案都很俗气。

　　夏季的确需要一条棉制纱巾，但如果用惯了手感光滑的丝绸纱巾，棉制纱巾终究显得美中不足。

　　而且我又听说，雅加达根本不存在民族风格。在当地人看来，民族风格是外国女性的概念，正因为如此，才能使用最好的丝绸，并配以草木图案。

　　我认为，这种东西才是真正的奢侈品，才值得一买。

　　当我到处寻找丢失的纱巾时，不知不觉地迎来了秋季。此时，我又有了一次于十一月份访问雅加达的机会。首先要去的地方，当然是沙里那百货店。

　　然而，我却怎么也找不到与我丢失的那条相同的纱巾。当跑了四家商店终于又见到它时，我真有点欣喜若狂了。

送给男朋友的礼物

前几天，我心血来潮地收拾衣物时，翻弄出了一件毛衣。这是一件黑色的高级羊绒毛衣。可惜的是，袖口被虫子蛀了个洞。

这是十年前买的凯宾·克伦牌的毛衣。那时，对于刚刚成为广告撰稿人的我来说，它是相当昂贵的。

我记得大约花了两万七八千日元，当时下了很大决心才买下它。

那时，"职业女性"这一称谓是时代的关键词，她们所推崇的就是凯宾·克伦品牌。女性杂志也总是刊登该品牌设计师的专集。

毛衣是逝去的冬季的"遗物"，与能够给我们带来轻松回忆的夏天的衣物相比，它给人以沉重之感。

我经历过了各种各样的冬季。我既穿过关西风格的、满是刺绣的华丽毛衣，也曾经常穿简单样式的开司米毛衣。那时，我显然是受到了小林麻美的影响。

然而，与T恤衫一样，简单样式的毛衣也很难穿得得体。会打扮、身材苗条的人将黑色的高领毛衣随便穿上就很顺眼，而像我这种人这么穿就显得非常土气。

毛衣这东西不能给生活增添色彩可不行。最近两三年，我迷上了索尼亚牌毛衣。在日本及国外，我买了很多这种牌子的毛衣。索尼亚毛衣的领口极具艺术性，它的剪裁法可使女性的锁骨看起来更漂亮。这种微妙的轮廓线是日本厂商所模仿不到的。穿索尼亚毛衣会使脖子显得细长。每当我穿它时，别人总是说"你好像瘦了"。

不过，由于这种毛衣价格昂贵，所以不放心交给一般的干洗店去洗，这一点很麻烦。我总是委托位于西麻布的一家高级干洗店，洗一件毛衣竟需要三千五百日元。取回装在塑料袋内的干净毛衣时，我总是会产生一种感激的心情，甚至舍不得将口袋撕开。就这样，装在干洗店口袋内的毛衣堆成一摞，而我平时却总是穿着起满毛球的旧毛衣。

我总是这样做，说明自己也许跟不上潮流了。

下面，我们换一下话题。从国外回来，送什么给男朋友呢？这可是女人显露身手的时候。

虽说克劳斯牌圆珠笔是最保险的，但毕竟还是送给自己喜欢的人贴身之物为好。但是，送在免税店出售的登喜路牌毛衣或围巾之类的东西总觉得不够劲儿。

已是好些年前的事了，当时从国外出差回来的男朋友，送给我一条席琳牌的纱巾。看到这件礼物，我觉得自己与他肯定是长久不了。

朋友责备我说："有什么不好的呢？他那种粗人竟能买一条名牌纱巾送给你，凭这一点就很难得啊。"

可是，这件礼物是装在飞机上专用的购物袋中的。也就是说，他是在回国的飞机上给我买了这件礼物。日本航空公司的飞机上还出售和氏牌纱巾，这种品牌的纱巾售价两万日元，而席琳牌的纱巾售价一万三千日元(当时)。

也就是说，这个男人舍不得多花七千日元。如果他心里真的有我，就应该买下价格贵的纱巾，这才是男人的真诚。我一直认为，这种小事最能体现出人的内心世界。

算了，像我这样斤斤计较的人毕竟只是少数。不过，送给男朋

友的礼物，还是不要选择此类物品为好，要选择非名牌的上佳品。由于男人不喜欢具有民族特色的物品，又不像女人那么爱打扮，所以选择起来委实不易。

去韩国旅行时，我也一直在考虑送什么给男朋友好。去了很多家百货店及专卖店也没有找到称心的。无奈之中，我向一位在当地结识的韩国朋友请教。他是一名记者，曾长期被派驻日本工作，是一个地地道道的日本通。

他说："朝鲜宾馆地下商店街有做工精美的毛衣，那是济州岛上的修女用当地出产的羊毛编织的。"

听了此话，我便在去机场的途中让车停下去了朝鲜宾馆。那是一家规模很小的时装店，商品种类也不算多。店内挂着修女向岛上的姑娘们传授编织技巧的油画。据说，这家店将营业收入的一部分捐献给福利机构。

我就是喜欢这种充满迷人故事的毛衣。这件毛衣的针眼很大，处处给人以素雅之感。它不像爱尔兰渔夫毛衣及加拿大的考琴毛衣那样宽大，但与爱尔兰的阿兰毛衣相似。它的手感比看起来要柔软得多，我对这一点非常满意。

为他买下一件圆领毛衣后，我又犯了购物瘾，自己也想买一件。当然，我并不是想同他穿情侣装。于是，我又买了一件对襟的，上面的纽扣非常可爱。请大家想象一下，买到两件毛衣的我是多么地幸福啊！

女孩子在买毛衣时，总是情不自禁地会在心中祈祷："为了能与所爱的人共同度过冬季。"

手提包收藏家

我非常喜欢手提包。

分明是多得衣柜里已经放不下，但看到新款式的还是不禁要买下来。我根本就不考虑包里能装多少东西，是否耐用，仅仅是凭着外观来选择，这就是所谓的"情人眼里出西施"吧。

我在购买手提包时，是从完全不同的角度来选择的。因为我认为世界上同时存在着满足工作需要的包与仅仅为了满足占有欲所需要的包。

先说工作时使用的包，我选购这种包比较苛刻。虽说我是一个职业女性，但由于不是常外出工作，所以没有必要使用又厚又重的多用手册及各种资料。不过，因为我这个人邋遢，所以，总是积攒一堆杂七杂八的东西。像来不及读的信件，想拿给大家看的照片以及各种复印资料等等，用不了几天，包里就会塞得满满的。

小时候，我的双肩背包总是比别的小朋友重。书包底下有半年前的试卷及学校发的资料，上面再压上重重的课本，简直可以压制出厚厚的草纸。而且在书与书之间的空隙处，还散落着在学校吃剩的面包渣儿……

啊，不行！不能自己揭自己的短。

总之，我想说的就是从小时候到现在我的性格一点都没变，我根本不可能每天整理手提包或是换用另外的包。

常言道不能每天穿同一双鞋，我想对包也是如此。

认真的人每天都会整理包内的东西，并且仔细保养，而我根本就不这么做。如果说鞋是我穿破的话，那么包就是被我作践破的。

我总是在不断地寻找着能经受得住这样残酷使用的包。最近，我认为名不见经传的意大利制黑色的塔那·卡兰牌公文包很适合我。

其实，选择这类包与选择丈夫有些相似。要结实耐用，而且不令人生厌。也就是说，要选择外表一般、结实可靠的。

相反，还有一种"情人"包。包里不能放太多东西，而且野蛮使用的话很容易毁坏。由于这种包款式奇特，所以要选用合适的礼服与之搭配，它不是与任何服装都可相配的。

可还是想拥有这种包。有几个包，就是因为不想使其落入他人之手才买下的。我买了绿色的配有珍珠链的包，但却找不到与之搭配的服装。我曾试着穿朴素的黑色连衣裙，可效果还是不理想。

然而，我已说过多次，无论如何都想得到它。虽说我迄今为止没这个缘分，但如能使英俊少年成为自己的情人，心情不也是如此吗？

总之，我攒了一大堆诸如此类的包，我常常把它们取出来边看边乐。在我的收藏品当中，还有几款和氏、香奈儿等知名品牌。前不久，从巴黎归来的朋友将拉库劳阿牌的包当做礼物送给我，这又为我的衣柜增添了色彩。

仔细一想，我竟有三个一次都没使用过的和氏牌的包。很久以前去巴黎时，我在和氏专卖店总店买下向往已久的凯丽包。由于包又大又重根本不能用，所以就拿到某时装杂志的《杂志市场》栏目中拍卖。

也许话离题了，参加这次拍卖，我总算明白了参与者是多么吝啬。我想出手的都是和氏包及香奈儿的长礼服之类的物品。而其他的人拿出的仅仅是香港产竹制品，用过的吉他以及别人送的香水等。

如果是偶像派明星的话，也许连内裤的一截破皮筋、旧指甲刀也能卖出去。可有一些所谓的"著名人士"，只不过是在某一领域小有名气。像名不见经传的发型化妆师学生时代用过的十三弦吉他之类的东西，究竟有谁会买呢？

与这些东西相比，我的和氏牌皮包引起了很大反响。朋友及熟人纷纷打来电话想利用和我的关系让他们也参加抽签。当然，我没有答应他们。

如今回想起来，那样做实在是太可惜了。据我的朋友说，在她的不断恳求下，最近男朋友终于决定送给她凯丽包。可是，在百货店的专卖柜前，营业员却冷冷地对他们说："即使马上订货，也要三年后才能拿到。"由此可见，这种包是多么走俏。

朋友说："你是领先十个月的专家。虽说没有创造潮流的天赋与才能，但与普通人相比却能够较早地掌握信息，而且还有爱赶时髦的虚荣心和一点点财富。"

这哪里是在赞扬啊！

159

令人向往的披肩发

去外地讲演时，常会听到一些令你意想不到的话。比如有人说："啊，原来林女士留着长发呀！"

印象这东西实在可怕。我已经留了近四年长发，可很多人仍然认为我留着短发，身着长裤。

现在，我的长发搭在肩膀稍下一点的位置。太长的话会显得不整洁，特别是收拾起来麻烦。之所以选择这个长度，是因为这个长度刚好可以将头发梳在上面扎起来。然而，把头发留到这种程度，真是经历了种种艰辛。现在，每当我轻拂自己飘逸的长发时，不禁会陷入无限感慨之中。

长期以来，我一直向往长长的秀发。在二十岁之前我就曾想，要是有一头飘柔松散、在微风中沙沙作响的秀发那该多好啊！

也许有人会说，想要长发把头发留起来不就行了吗。然而，不幸的是，我这个人生来就不适合留长发。

首先，我的头发粗而且密。如今回想起来，那时仿佛浑身都充满活力，总觉得身体到处都像涂着一层油脂。

虽说现在我几乎没有头皮屑，可那时不管怎么抖落，学生服的领子上面总是沾满头皮屑。我还长着一脸粉刺，挤破之后马上会长出新的。都说高中男生又脏又臭，可处于青春期的女生也是如此。正因为如此，像后藤久美子那样的美少女才会格外引人注目。

话有些扯远了，我那粗糙的头发，即使现在也能成为议论话题。课堂上，为了消磨时间，我拔一根头发放在垫板上，然后用小刀将它切成两半（是顺着切啊）。也就是说，我的头发粗得甚至可以在肉眼观察下用刀将它剖开。头发粗自然硬，用手指捏住它时，一下子就会立起来。本来自己知道也就行了，可我还将头发拿给朋友看，结果朋友说："哎呀！这简直不像人的头发。"

　　去美容院剪发，美发师总是说我头发厚需要削薄。尽管我留的是短发，可削下来的头发转眼间就在地上堆成了山。"啊！头发真多，你们看。"美发师叫来自己的同事，这使我的自尊心受到很大伤害。我自己让别人看可以，但别人随随便便地这么做让我生气，我就是这种性格。

　　然而，爱美之心人皆有之，于是我翻阅各种时尚杂志，寻找办法。由于我就读的高中不允许烫发，所以没有更多的选择余地。只能在长发或者短发之间做出选择。我在杂志中找到一种无须烫发的可爱发型，就是将前额的头发从中间分开编成小辫，然后再扎上发带。

　　说干就干，我立即做了尝试，可结果却使人大失所望。由于头发太厚，我的额头完完全全被遮住了。而头发一长长，竟又与脖颈形成四十五度的角。无奈之下又将头发扎在一起，结果头发又高高翘起，仿佛从前男人梳的顶髻……

　　经过各种努力，最终我不得不死心，开始了我那漫长的十年短发人生。然而时代渐渐变得有利于我。电子流行音乐全面盛行，赶时髦的人开始将头发剪短。潮流进一步升温，社会上出现寸头时，我也顺理成章地顺应着。我还曾做过广告文案之类与自身形象相符的工作，我已经不再留恋长发。

　　不过，也许那只是表面现象，在内心深处，我仍然藏匿着对长发的向往。

　　流行的趋势逐渐变化，不知不觉之中长发又回到人们身边。此时，服饰的流行趋势也发生了巨大变化。与D.C品牌的超前魅力相比，香奈儿及和氏的优雅感触更能赢得女孩子的心。

　　那时，我刚巧去巴黎工作，于是疯狂购买了大量巴黎名牌服饰。我也不清楚究竟是衣柜先发生变化，还是发型先发生了变化。

　　常去的美容院的美发师对我说："烫一下发怎么样？绝不会显老的。这样发型才容易固定。"

　　已有八年没有烫过发的我又陷入感慨之中。成年之后，我的头发竟发生巨大变化。烫过发之后，我才清楚地意识到这一点。我的头发变得又细又软，而且数量也有所减少。

　　随着年纪的增加，身体发生了多种变化，但烦恼的实质由阳转阴却是首次察觉到。

　　如今，可以说我正在与头发愉快地度着蜜月。每当出门时，总要去美容院修饰一番。根据所穿礼服的种类，可将头发卷起或烫成大波浪形，这种乐趣是留短发所体会不到的。

　　而且，我还成了"发饰品爱好者"，去国外时也总购买此类物品。简直可以说，这是送给历尽艰辛才得到的恋人的礼物。

　　还是欧洲的发饰品好，美国的只是一些珠光宝气的庸俗之物。每天早晨，我都在寄托着自己无限回忆的众多发饰品中选出一件。

　　我将继续留着长发。

古董店里寻真品

我在温哥华的夏季别墅已经买了很长时间。

这座古老、宽敞的房屋是用石头与木材建造的，处处洋溢着六十年代的乡村田园气息。虽说家具一应俱全，但由于每年只来此居住一次，所以也就没太注重屋内装饰。

然而，去桐岛洋子家中看过之后，我改变了想法。桐岛女士也在温哥华买了一幢旧别墅，她将房屋里里外外装饰一新。

房屋漂亮得难以形容，简直就像展示阿路·狄高珍藏品的小小美术馆。正因为她有着敏锐过人的审美能力和做古董生意的丈夫，才创造出了如此美妙的空间。这使得肤浅的我立即起了模仿之心。

我不可能像桐岛女士那样大张旗鼓地搞，但至少也要在墙上挂几幅画。

外国人与日本人不同，他们讨厌光溜溜的墙面。有些人喜欢在墙上挂几幅小画，而不只是挂大大的一幅画，我觉得那样做也未尝不可，空间这么大，再多再大的画也都挂得下。我还想购置一些雕刻艺术品。

于是，我开始跑美术品商店。去归去，但我根本就买不起昂贵的美术品。

我一边自言自语着"好歹也要装点一下墙面"，一边转着商店。不过即使是装点墙面，也要有自己的格调。在这方面，温哥华这个地

方有些不尽如人意。这儿居住着很多香港的华人移民，因此到处都充斥着中国风格的画。像竹林或是海獭从水中探出脑袋的说不上是日本风格还是中国风格的画，它们一点也不合我趣味。

我只是希望买到很朴素的水彩画或铜版画，可是却怎么也找不到这类画。

然而，在去酒店买酒时，却见停车场的前边有一家古玩店。趁丈夫买啤酒之机，我进去转了一圈。

我买下了两幅自己喜欢的英国风格的铜版画。虽说每幅都不到一万日元，但画却非常精致。

第二天，我又去了那家古玩店。因为我发现那儿还有地下室，里面摆了各种各样的艺术品。

在古玩店一层的尽头，摆着比较高级的商品，有古代的餐具及昂贵的油画等等。其中格外引人注目的是，在灯光照射下闪着光亮的法国画家劳特雷克的石版画。

"那幅画不错啊！"丈夫一边说着一边走到近处看。画的旁边放着一本画集，这幅画是五十幅作品中的第二幅。

"这幅画多少钱？"丈夫向店主问过价钱之后才知道，这幅画非常昂贵。

我用日语小声说："不行，不行，太贵了。我们不过是想装饰一下墙面而已。"

店主仿佛明白了我的心思，他又从里面拿出另外一幅画，说："请务必再看看这张。"据他说，这是高更的石版画。这幅画构图简洁，画面上的女性在读书，售价是劳特雷克的数分之一。这样一来，我忽然觉得买这幅画划算，便不假思索地说：

"我想买下这幅画，不过你要给我鉴定书。"

"OK，明天我会准备好的。"

经过一番交涉，我们回到家中。然而，我却怎么也睡不着觉。我这人最大的缺点就是草率作出决定后又犹豫不决。

忽然，我想出一个好主意，高兴得跳起来。为什么没早一点想到呢？

桐岛女士的丈夫——做古董生意的胜见先生将乘坐明天的飞机来这里。请胜见先生帮忙看一下不是很好吗？

然而，尽管自己为此事焦躁得睡不着觉，可它充其量不过是价值数十万日元的高更的石版印刷画而已。请求平常经营数亿日元名画的专家来鉴定这种画，会不会显得失礼呢？

可是，我还是不想上当买假货。仗着我们之间很熟，最终还是决定请胜见先生帮忙。

听了我在电话里的讲述，胜见先生笑着说："嗯，温哥华有高更的画，那也是值得一看的。"但他的意思仿佛是让我别抱什么希望。

热情的胜见先生与我一同去了古董店，果然不出他所料，一看到那幅画他就说："不像话，那是用书中的插图大量印刷的，在巴黎一张卖五万日元。"

原来是这样，我大失所望。然而，那时，胜见先生的眼睛一下子亮了起来，他说："不得了，那一幅是劳特雷克的真迹，是一幅好画，没想到会在温哥华看到它。"

实在是不好意思，当时我突然用手按住了那幅画，说："我要这幅画！"

我没有将那幅画留在温哥华的别墅里，而是把它带回了日本。每当家中来客人，我就向他们宣扬这幅画的价格与作者。我深知自己没有收藏画的资格，但是没有办法。

铺上新桌布进晚餐

从很久以前开始，我就特别喜欢西班牙这个国家。有人说它是欧洲的乡间，也正因为如此，那儿才仍然保留着许许多多美妙的东西。比如格拉纳达就是如此。

提起格拉纳达，人们会想起那儿著名的赤城。太阳落山之后，伫立在宾馆的阳台上，只见四周几乎没有高大的建筑物，那留有昔日气息的静谧的村庄正渐渐融入夜色之中。此时，教堂内响起雄浑的钟声。我为这如诗如画的景象而心荡神驰。

西班牙人非常善良。有一次我们在赶往托莱多的途中，同行的摄影师在车中"啊"地叫了一声，原来他很想拍摄刚才路过的农家。这时，从古老农家的仓库中走出一个男主人模样的人，他不但热情地带领我们到房子里参观，还应摄影师的请求接二连三地拿出三百年前的铁锹及锄头等东西。他还将我们带到他自己的瓜田里。

"我们这儿的瓜特别好吃，请多吃一些。"无论是主人还是帮工都劝我们多吃，还帮我们削皮。临走时，他们又将瓜作为礼物送给我们，直到把车厢塞得满满的，当然他们分文不取。

"照片洗好后送给我们呀！"他们挥手向我们告别。这是多么淳朴、善良的西班牙人啊。

打那以后过了数年，西班牙还举办了奥林匹克运动会，听许多人说西班牙人的性格与国情都在发生着变化。

由于以上原因，我曾对这次的西班牙巴塞罗那之行顾虑重重，但是没有发生任何不愉快的事情。为我开车到各地游览的司机柏托罗是一个诚实、英俊的年轻人，街上来来往往的行人也都是一副悠然自得的样子。在扒手和小偷频繁出没的地区也没遇到什么麻烦。

　　为了采访，我还去了西班牙村。在那里，我受到了热情的欢迎。西班牙村与日本的明治村很相似，里面有各种复制的古老建筑，还有吉卜赛餐厅及酒吧，在那里可以高高兴兴地玩上一天。

　　古代建筑改建而成的小时装店，每隔几家就有一处。香水店、吉卜赛围巾专卖店及石版画专卖店等也使人大饱眼福，其中，最使我着迷的是针织品店，里面有一位优雅的老奶奶守着店铺。

　　寂静、微暗的店内，洁白的针织品格外显眼。店内摆着手帕、衬衫及儿童服装等，全都是做工精细的手工艺品。

　　我非常喜欢针织品。以前，每当去国外旅行时，总会照例买一方针织手帕留作纪念。比利时的艺术品般的精致手帕，在北京买的汕头针织品及意大利设计巧妙的针织品都是非常讲究做工的。

　　与它们相比，西班牙的针织品更显得淳朴与温馨。虽说设计有些单调，但却会让人觉得它的的确确适合家庭使用，而且价格也比巴黎及比利时等地便宜很多。我当即买下六人用桌布和配套的餐巾。

　　桌布，也是我所喜欢的东西。我曾在世界各地购买桌布。大约四年前，我在香港买到了薄如蝉翼般的丝绸桌布。我还有比利时的针织桌布和美国的轻便桌布。

　　我认为，再也没有能比桌布更方便地烘托餐桌气氛的用品了。铺上桌布，哪怕仅仅摆上买来的炸鸡肉块与面包，也能举行一次排场的晚餐会。

　　以前，我曾向住在附近的有钱人家的太太学习使用桌布的技巧。

据她说，使用桌布绝不能小气。如果总是怕把桌布弄脏怕洗涤麻烦，那么最终你将不能使用桌布。

桌布用过之后，第二天一定要把它和餐巾一同拿去干洗。并不是每天都使用桌布，每月最多也就使用两次而已。所以说一定要下定决心，全部拿去干洗。这样一来，你心里会变得很舒畅。

"对，明天拿去干洗就可以了。"如果你有这样的想法，那么使用桌布将不再是一件麻烦事。

"另外不要忘记在下面放桌垫，许多人虽然使用桌布却不用桌垫。这样一来，每当放盘子时，就会发出咣咣的声音。"

我总是按照她所说的去做。不过，由于我不是像她那样优雅的夫人，所以有时不由得也会变得小家子气。看到朋友要将葡萄酒洒到桌布上，我会大叫："啊！不好，不好，快擦一下！"搞得大家满脸不悦。然而，在我看来，珍藏的桌布就像衬衫一样，我总是时时刻刻地睁大眼睛注意不把它弄脏。

这块西班牙桌布也将成为我的桌布家族的一员。家中还有西班牙酒，再吃西班牙拌饭，那该有多妙啊！按照我们家的惯例，每当买回新桌布，就要举行晚餐会。

与精美的西餐具相匹配的刀叉

我们家有五把餐刀和五把叉子，而且全都不成套。我不记得曾买回它们，那么这些东西究竟是如何来到我家的呢？

我想也许是很久以前独自生活时，男朋友来我家吃饭时就有了。那时，我装模作样地做了汉堡牛肉饼之类的东西，然后急急忙忙地去附近的五金店买回两副刀叉。

记忆渐渐地在心中复苏。

在我房间的餐桌上，摆着纸制餐巾与沙拉盆……而这些刀叉，虽然历经多次搬家的磨难，却顽强地存活了下来。

了不起，了不起，尽管我想抚摩它们以示称赞，但今天根本就没有那份闲情。因为今天我要准备一顿丰盛的晚餐。

我对自己收藏的餐具及桌布充满自信。

可若提起刀叉，那可就……

这时，我突然灵机一动。结婚时，有几人曾赠送给我们购物券。将那些购物券加在一起，或许能买一套高级刀叉。若论高级，还是克里斯特夫路牌的最好。过去提起银制品，人们会首推克里斯特夫路。

如今的刀叉大多是不锈钢制，然而，稍微像样的西餐厅全部使用克里斯特夫路牌刀叉。你在西餐厅用餐如果感到手中的刀叉沉甸甸的话，那便是这个品牌。看一看刀叉柄，便会发现闪闪发光的克

169

里斯特夫路一行小字。

虽说我有精美的餐具，可家里的餐桌还是显得寒酸，其原因是缺少刀叉。总是使用不配套刀叉肯定不行。而且，看到它们还会想起以前的男朋友。让丈夫使用这些东西显然是不近情理。

最近，有很多年轻人对葡萄酒、菜肴等颇为精通。在今天的客人当中，就有一位美食家。他为了学到更多的关于酒的知识，一直都在葡萄酒专门学校学习。

请这类人来做客，处处都要小心。我亲手制作的只有主菜炖牛肉，其余的像熏大马哈鱼及肉排等菜都计划买成品。这么一来，就只能靠精美的餐具来掩饰不足之处。

女性杂志的图片栏目也常常刊登着"买回来的成品菜肴，也因摆放得体而大放光彩"。

对，还是买克里斯特夫路。

数一数积攒下来的三越百货店的购物券，大约有十万日元。可这能买几套刀叉呢？

我忙着准备晚餐，所以让秘书畠山小姐代劳。担心购物券不够，我又给了她一些钱。

大约四小时后，她回来了，嘴里还自语着："啊，好开心！"

因为她是第一次在日本桥三越百货店那种豪华的卖场里买东西。

据说，当店员听她说要买六套克里斯特夫路刀叉及汤匙时，仿佛吃惊般地看了看她。

顺便说一句，那时畠山小姐身穿橘黄色大衣和黑色裤子。虽然不是穷酸相，但也只能给人以普通女孩的印象。也许是出于好心，店员当时说："这套刀叉最好与大餐桌及直径四十五厘米以上的盘子搭配使用。"

畠山小姐挺着胸脯说："我家的餐桌很大。"我家的餐桌的确很大，是一张可供六人使用的餐桌。

"餐具也要与之匹配才行。"

"家里餐具很多。"

"您用的是什么餐具？"

畠山小姐一时变得张口结舌。她说不出劳亚鲁·考本哈根及劳真达鲁之类的品牌。于是，她大声说："全都是有名的餐具。"

听了这些，我捧腹大笑，仿佛看到了不善言辞的她当时那不知所措的样子。

在粉红色的桌布上面轻轻地铺上一层薄丝桌布，再在桌子上摆上玫瑰花。餐具是蓝色花朵图案的考本哈根，与其搭配使用的是薄丝餐巾。然后再摆上灿烂夺目的克里斯特夫路刀叉。这样布置餐桌，可以说是美妙绝伦吧！

我是多么善于布置餐桌啊，如果认真学习的话，没准儿会成为第二个国枝安江……

正当我想入非非时，丈夫回来了。

"怎么搞的，这么脏！"一进门他就大声说。"你就是收拾桌子，也不能把纸口袋和纸盒到处乱扔啊！"

"我想等你回来帮忙嘛！"

"简直是无可救药。"丈夫边发牢骚边开始干活。"再说，你不过是只有那么多好餐具，却根本不知道整理。"

"那有什么办法呢？我本来想与有钱人结婚，所以准备了各种餐具。没想到计划落了空啊！"

再说下去，就要挥舞着克里斯特夫路餐刀吵起来了。

171

"电器通"推荐的电视

有一段时间我曾几乎不看电视。那时我在想，这究竟是怎么回事呢？

自从我一个人独自生活以来，电视就成了我的好朋友，人只要在家电视就一定开着。

那么，究竟为什么我不看电视了呢？我很快就找到了答案，那是因为房间变大了。

当我还是贫穷的小职员时，住的是包括厨房才六个榻榻米大小的一个房间。回到家中脱下外衣，一伸腿就能碰到电视。懒惰的我总是用脚将电视打开，然后一边听电视节目一边做饭。

也许现在已经没人这样穷对付，那时的年轻人总是一年四季将被炉当桌子使用。将床与衣柜放进六个榻榻米大小的房间内，桌子就只能放在电视与床之间了。我总是坐在电视对面一边看一边慢腾腾地吃晚饭。然后躺在床上翻阅杂志，当然还是免不了要看电视。

然而，从某一天起，我搬进了较为宽敞的住宅。房间共有两个，也就是所谓的二室一厅户型。

这样一来，天生懒散的我又养成了别的习惯。外出归来时，不是先去客厅而是先去卧室躺在床上。因为摆放着电视的客厅又冷又暗，所以不想去那儿。

于是，我开始远离电视。

"看电视的时间与房间的大小成反比。"我发现了这一真理，还洋洋得意地到处宣扬。可当有人说"真正的有钱人，卧室中也有电视"时，我又变得哑口无言。

总之，我真的与电视划清了界限。从那时起我也尽量不在电视中露面。至于原因，我想是出在客厅里的那台二十六英寸的高清晰度电视上。

由于图像过于清晰，放特写镜头时可以清楚地看到女演员的毛孔。看到她们，我感到很害怕。就连漂亮的女演员，在二十六英寸的电视中也会暴露出她们的美中不足之处，换成我的话，后果简直不堪设想。

"一般的人还是别在电视中故作姿态为好。"我时时刻刻都在提醒自己。我已经厌倦了电视里对我的种种议论。

"只要不在电视中露面，就不会被别人议论。"尽管我这样想，可事实却并非如此。虽然最近三年，除了被人擅自拍摄之外，我几乎没有在电视中露过面，但直到现在大家对我的印象还是"总在电视中出现的人"。我充当的角色对自己实在是有害无益。

谁知我与电视之间的距离又变得近了起来。而这竟然是因为结婚。

"结婚之后会变得经常看电视。"这个论点出乎意料地正确。结婚之后总想两个人在一起，而在外面用餐又觉得是一种浪费，于是就懒懒散散地待在家里。然而，三个月后，要说的话也都说尽了，因而变得无聊起来。谈恋爱时，没有话说会使气氛冷却，而夫妻之间却没有这种感觉，即使双方都不努力寻找话题也没什么关系。

那么两个人干什么好呢？就只有一起懒懒散散地看电视了。其实这是非常愉快的事。

"我喜欢这个女演员。"

"是吗？太没眼光了！"

就这样，夫妻两人一边挑毛病一边看着电视。开始时两人接二连三地看租来的录像带，可是渐渐地就厌腻了，于是就整天开着电视。我想所有的夫妻都是如此吧。

借结婚的机会，我将客厅的布局稍稍做了变动。不画张图也许很难明白，就是靠窗的地方摆上一套沙发，沙发前放着一台大屏幕电视。

结婚之后才明白，丈夫是一个"专家"。休息日他总是愉快地玩着电脑，偶尔开车外出也是去秋叶原电器街。

他自己也说自己是个"电器通"，他非常喜欢到电器商店看各种新产品。很快，他便将二十六英寸的电视换成了三十四英寸的。

他有些不懂装懂地说："再大的话，质点就会散乱。"不过，来客都对这台大电视表示惊讶。因为当时三十四英寸的电视机还比较罕见。

我与丈夫每天晚上都边喝红茶边看电视。除了这台三十四英寸的电视以外，卧室里还有一台小型液晶电视，我们用它看新闻。应该说电视为我们的生活增添了色彩，可也出现了一些小问题。

结婚的时候，我订做了一套沙发和遮挡餐桌的碗橱。早晨吃早饭时，因碗橱的阻碍几乎看不到电视，于是我总是扭着身子看。见此情景，丈夫说："我在秋叶原看到一款非常漂亮的液晶电视，是银色的。可以放在餐桌上使用，用生活费买吧。"由于我不经常看电视所以没同意，经过一番讨价还价，我出了一半费用。现在，那台电视就摆放在我家的餐桌上。

海湾战争时，这台电视可发挥了大作用。起床之后首先打开它，已成为一种习惯。海湾战争结束后，我完全养成了一种新习惯。打发丈夫上班后，我打开这台电视看早晨八点半开始的娱乐节目。

　　早晨，我总是离不开电视。这可如何是好呢？以前，我就一直被周刊杂志及马路传闻称为"真理子文艺记者"。

　　如果对文艺圈了解得更详细的话，那又该怎么来称呼我呢？我一边想一边继续看我的电视。

通往青山的散步路

　　散步，可以说是城市人的习惯。从来没听农村人说想要散步。虽说近来人们不管去哪儿都开车，但是农村还是不如城市方便。

　　在农村，无论是去邮局、超市，还是去邻居家送传览板，都要跑腿走路。我也有这种体验，有时偶尔回老家，往往一整天都在走路。比如说童年时代的朋友家或亲戚家，开车去不值得，走起来又不算近，大概相当于东京地铁的两站路吧。如果想带去些蛋糕之类的见面礼的话，还需要走很多路去买。

　　然而回到东京，我简直就成了"护家神"。与普通女职员不同，我不用坐电车上下班，每天都闷在公寓的工作室内不停地工作。

　　而且，我的住处位于原宿的正中间，交通极其便利。离电车及地铁车站都非常近。

　　最近，我深感自己缺乏运动，于是又重新打起高尔夫球。有人告诉我关键是每天都要"走路"，就这样，我又开始坚持每天都散步。

　　每天傍晚六点，我就停下手头的工作，去买晚饭的材料。虽然附近也有小规模的商店街，可我总是故意去较远的青山"纪之国屋超市"。那儿的东西好是好，但是价格却贵得惊人。因此，我以家庭主妇的角色想出种种对策，比方说在家的附近买蔬菜类等等。

　　总之，最重要的是步行至青山。我穿着平底鞋，朝表参道的方向走。如大家所知，这一带可以说是东京最新潮的地方。

各种商店的玻璃橱窗前总是聚集着众多可爱的女孩子，看到她们我总是想："到底还是年轻人能跟上时代。"由于我住在附近，因此总是不化妆戴副眼镜，这副打扮还得请大家多多包涵。

到了青山大街，如果身上没带钱便到富士银行取出一点儿，然后便走进"纪之国屋超市"。我非常喜欢这家超市。我去美国及加拿大等国家旅行时都一定去超市，比起国外，这家超市兼具日本特有的细腻之处。就商品种类及包装质量等方面来说，这家超市可以称得上是世界第一。

时间充裕时，我就到罐袋及瓶装食品卖场转悠，浏览外国商品上的标签。虽然最近忙没有时间，可我以后一定要学做在烹饪书上看到的意大利面。我边看边想，那时我将使用这种调味品与新鲜奶酪。

有更多时间的话，我还要看一看从京都厂家直接送来的生面筋及淀粉。在超市里待一个小时左右，可以说是我平日里唯一的乐趣。作家这一行，娱乐时间委实少得可怜……

走出超市，如果还有时间的话，我会顺路去其他的商店。这时我去的一定是唱片店。

我爱赶时髦，总是在唱片店内难为情地寻找莫扎特及歌剧CD。最近我过于投入，有时竟会在唱片店逗留一小时。虽说春季即将结束，可唱片店内却大开着暖气，有时回到家中发现狠下心才买的牛肉竟然变了颜色。我不动声色地把它做给丈夫吃，他的胃肠还好，没出现什么不适。

与这家商店相隔不远，面向青山大街有一间小小的画廊。这是借用日本点心店一角经营的小规模画廊，我对它可谓情有独钟。

前不久我经过那儿，正赶上今年东京艺术大学研究生院陶艺科的毕业生举办陶艺展。他们的构思与色彩都很独特，而且售价非常

便宜。展出的都是适合日常生活使用的东西。

为了选购送给朋友的结婚礼物，我前几天去有名的百货店餐具柜台转了转。那餐具昂贵的价格使我不知如何是好。

如此有创意的陶器仅售一千几百日元，也许因为他们是学生吧。实际上，就在半个月之后，东京艺术大学的老毕业生们举办了作品展，展出的都是些很普通的东西，然而价格却都不菲。

看了展览，我选中了土黄色与淡绿色的盘子。这两个盘子用来盛肉食显得大了点儿。

我问："这是用来盛什么的?"

一个看上去像是工作人员的女学生告诉我："作者原来打算用它来盛意大利面……"

原本打算……就是说，作者在制作途中改变了想法。这两个盘子用来盛食物的话颜色的确是深了些。如果用来装意大利面，恐怕只有紫苏实心面才能与之相配。番茄酱及鲜奶油的颜色较盘子的颜色浅，根本就不协调。

那么，将这两个盘子用于装饰呢，又有些不雅致。但我还是稀里糊涂地买下了它们。

我还看中了田螺图案的大海碗，还有与其配套的小碟。有一只田螺的朝向与其他不同，憨态十足的小田螺非常可爱。

有一位男同学解释说："这套东西的作者性格乖僻，是个怪人……"

怪人制作的大海碗，至今仍摆在我家桌子上面。用它来装橙子特别协调，看上去蛮有情趣。

就这样，我一边散步，一边搜寻着猎物。

异国的日本情调

我又去了巴塞罗那。这一次活动范围较大，我游览了马要卢加岛及需要一小时车程的避暑胜地——约卢特戴马鲁。

这次来我有一个心愿。在一个小岬的顶上有一座小小的礼拜堂，里面供奉着（不知可不可这么说）大量船的模型，一看就知道这是祈祷航海安全与渔业丰收的地方。

礼拜堂旁边建有一座典型西班牙式旧房屋，是家庭旅店兼餐厅。去年冬天我来这里时仅仅看了礼拜堂，总觉得意犹未尽，因而决定下次来一定要吃过饭再走。

快到海边时，我对司机说："请带我去上次去过的教堂。"

"啊？你说什么？"包租车的司机虽是去年的那位，但他已记不得去年曾带我去过教堂了。也许因为在西班牙这样的教堂比比皆是吧。

"那儿有一棵很大很大的树，站在石栏杆处可以尽情地观赏大海。小教堂的钥匙由旅店的老奶奶保管，只有在她高兴时才会打开门……"听了我详细的说明，司机总算明白过来。

相隔七个月再次看到礼拜堂与餐厅，只见它们比去年冬天更加美丽。葡萄架上新添的绿叶在餐桌上投下斑驳的影子。店员们都记得我们去年曾经来过。

听到我说"是专程来这里吃饭的"之后，他们非常高兴地在葡萄架下为我们安排了坐席，并在桌子上铺上蓝白相间的格子桌布。

我想，到底还是欧洲在这方面比较讲究，如果在日本农村，往往会使用塑料桌布。浆得平平整整的桌布上摆放着餐巾与葡萄酒杯。

这次的午餐有放了大量生火腿的沙拉、鱿鱼圈、海鲜拌饭、西班牙风味菜肉蛋卷及香甜的葡萄酒。那美妙的滋味令人难以忘怀……

西班牙翻译与司机也称赞说："这儿的海鲜饭好吃极了，并不是在哪儿都能吃到的。"

无论法国还是英国，世界上所有国家都是远离城市的地方食物既好吃又便宜，而且人也朴实敦厚。我觉得西班牙更是如此。

由于尝到了甜头，第二天一大早，我又从附近的宾馆去那儿吃早点。牛奶咖啡、刚烤好的面包、加了菠菜的蛋包饭、生火腿及沙拉等，三人放开肚皮吃了个够，而费用才不过两千多日元，真令人难以置信。

欧洲的乡间奇妙无比！去巴黎、马德里及伦敦等大城市走一走，游一游之后，就应该到那些乡间小镇去看一看。

在我想在国外购买的东西中，有一种是具有日本特色的商品。虽说在日本的礼品店也可买到这类商品，但我总觉得那儿的东西太俗气。在此之前，我就不想在日本看日本特色的商品。

在国内宾馆的商场里，我总是一面看一面发着牢骚："这也算是和服？怎么看都像是廉价的旗袍。正因为这样才会使外国人错误地认识日本啊！"而在国外同样情况下不仅不生气，还会想："不错，日本确实有这样的东西。"

在日本，经常进行以外国儿童为对象的问卷调查，就是让他们将心目中的日本形象用画表示出来。由于孩子们往往都会画一些莫名其妙的东西，所以报纸、杂志等媒体都小题大做地说："他们对日本的认识不过如此而已。"我认为，就因为孩子们没画出高楼大厦及索尼产品便遗憾万千的态度是错误的。

对一个国家的印象，居首位的应该是最单纯、最强烈的东西。

假如让日本的孩子描绘心目中的西班牙形象的话，他们首先想到的该是吉卜赛歌舞与斗牛，对荷兰该是郁金香，而对法国则该是埃菲尔铁塔。

所以，在外国孩子的画中出现富士山与艺伎也是情理之中的事。

我在这个避暑胜地购买了带有艺伎画像的套装毛巾。

这套毛巾上艺伎画像的用布十分别致，和服图案具有拼凑工艺风格，做工十分考究。

当然，毛巾价格也不菲，与那顿丰盛的早餐相比，价格高得似乎毫无道理。

在西班牙，棉布要比皮革贵得多。闪闪发亮的皮鞋与普通运动鞋价格相差无几，有时运动鞋反而还要比皮鞋贵。

我想，这种毛巾一定是为前来避暑的有钱人准备的，也许他们会一边使用一边信口说着："似乎艺伎与我们一起在泡沫浴池里洗澡呢。"

纱巾的魅力

电影《旅情》中凯瑟琳·赫本使用的纱巾令人难以忘怀。与意大利男人幽会的夜晚，她身穿无吊带的袒露着胸口的礼服，并系着一条薄丝纱巾。

这是一种优雅的阴柔之美。在薄纱巾的掩盖下，女性的肌肤越发显得美丽与神秘。

当"冒险之旅"经过肯尼亚时，在宾馆里我也曾看到过系着薄丝纱巾的中年女性。她身穿无吊带淡青色礼服，脖子上系着一条长长的同色纱巾。当时正值晚餐时间，她也许正要去某家餐厅用餐。

这对当时还年轻，身着充满汗味牛仔裤的我来说，无疑感到非常新奇。可以说，我第一次目睹了欧美人不拘环境、地点，都要特地着装去用晚餐的生活习惯。

夫人旁边站着两个分别为十岁及十五岁左右的男孩，他们也是西服笔挺，系着领带，看样子像是在陪伴妈妈。见我们出神地向那边张望，男孩子们得意地看了我们一眼，仿佛在说："怎么样，我们的妈妈漂亮吧！"如今，那两个男孩子应该成为英俊的男子汉了。

就这样，纱巾留给我的回忆，都是在国外。在日本，很少看到有人将无吊带礼服与薄纱巾搭配起来。这多半与脖子的长短及身材的高矮有关。西方的女性，有着长长的脖子和精巧的脸庞，即使将纱巾在脖子上轻轻缠绕两圈也能看到脖子上部的肌肤。这能体现出一种非常优雅的气质，而日本人就不具备这种先天的条件，系上纱巾会显得脖子更短。

身材高，是充分体现纱巾之美的重要条件。走下楼梯或翩然步行时，纱巾势必要向后飘动。犹如香水的余香一样，女性的背影给人的印象是最深的。高个子的女性这么打扮会风韵十足，而日本女性却难尽如人意。

每当谢恩会的季节，在日本也会看到一些身着袒胸露臂礼服，系着薄丝纱巾的女人。但我并不认为她们那样打扮漂亮。如果纱巾留给人的印象超出女性本身，暴露在外的肌肤就会显得过于娇艳。不，娇艳是褒义词。与其说娇艳，不如说她们暴露在外的肌肤总会使人感到羞耻。

充满活力的肌肤固然很美，但只有在海边或运动时才可将它们暴露出来，身着运动短裤及泳装展现出漂亮肌肤是再合适不过了。我想持这种看法的人不光是我自己。总之，不能将充满活力的肌肤裹在华丽的礼服中，在耀眼的吊灯照射下供人观赏。这是因为肌肤过于健康，会将各种光线及装饰物的光芒反射出去，而使人感到刺眼。

薄丝纱巾比较适合皮肉略微变松、锁骨突出的成年女性。年轻女孩使用，会失去自然之美。当然，薄丝纱巾最适合凯瑟琳·赫本那样有风度的女性……

尽管我深知这些道理，可到了夏天，还是免不了要买薄丝纱巾。我非常喜欢纱巾所带来的那种浪漫情调。

几年前的夏天，在温哥华的别墅生活时，我暗暗地在旅行箱中藏了几条纱巾。这是我与丈夫初次外出度假，我想带丈夫去豪华的餐厅及能看到游艇码头的酒吧。但想归想，在温哥华穿正装礼服总是有些难为情。

　　那时，我身穿塔那·卡兰的长裤套服，并以一条薄丝纱巾相配。由于我的脖子粗，所以只能将纱巾系在胸前，而不是缠绕在脖子上。我还戴了副有着民族风格的大耳环。

　　长裤的整洁形象再加上薄丝纱巾的柔和感觉，使我对自己的打扮十分满意。虽说我不能在穿礼服时系纱巾，但从那以后，我总是在穿便装时配上纱巾。

　　回想起来，在我学生时代时兴名牌时，常常会听到有人说"会用纱巾打扮自己的人才算时髦"。当时，大家都在衬衣内系一条席琳或兰范牌纱巾。我那时认为使用纱巾并不是什么难事，还曾对别人说，根据服装颜色选择纱巾，将它放到上衣内就可以了。然而，那根本称不上什么时髦，只是照本宣科罢了。

　　对纱巾情有独钟的我攒下了大量纱巾，其中有和氏牌纱巾，在印度和中东买的具有民族风格的纱巾以及多条设计独特的纱巾。纱巾虽多，使用的机会却很少。

　　由于使用纱巾是一门博大精深的学问，所以我总是感到无从入手。我终于明白，纱巾是一块不同寻常的布，它对体型、气质以及品味、个性等多方面都有苛刻的要求。尽管如此，我还是要买很多很多的纱巾。

价廉物美的茶具

我已经学习了多年茶道，但由于总是偷懒，所以去老师那儿的次数屈指可数。自然学费也总是拖欠，每当想起时我都是让秘书代劳送去。

前几天她去缴了四个月的学费，老师对她说："你和林女士说，不来学习也可以，来喝杯茶坐一坐。"

事情总不该发展到如此地步。刚开始学习茶道时，我给自己确定了很多目标。首先是要改变粗野的举止，成为一名温文尔雅的女性。还有，当别人请我喝茶时，我也不必笑着搪塞说什么"我不懂茶道"。另外还要学习书画、古玩方面的知识，看了字画后能马上说出"这是×××的作品"，让别人都认为林女士是一位深藏不露的高手。几年前，在与丈夫相亲时，我曾明目张胆地在自我介绍书上写下"爱好——茶道"。我想这绝不会露馅，因为我早已算好，两个人约会时不可能赴茶会。

不过，对方一眼就看出我不像是喜欢茶道的女人，这样一来，那以后的日子更加好过。他认同的是真实的我，与这个男人结婚后，我们过着自由自在的生活。有一天我终于发现，自己离茶道已越来越远了。我还有一个老毛病，并且怎么也改不掉。所谓老毛病，就是想开始做什么时，首先要备齐与之相关的各种用具。

想学习高尔夫球，就买下全套用具；想学习日本舞蹈，竟订做

了七件和式浴衣。(真是悔之莫及!)

　　虽说在茶道方面我总是偷懒,但却一直都在关注着茶具。去京都旅行时,走在青山的古玩街上,我的目光自然而然地就会被橱窗里的东西所吸引。

　　好茶杯究竟是什么样的呢?我不太喜欢图案复杂的茶杯,我认为图案简单、颜色漂亮的比较好。

　　前些日子,我有生以来第一次买了茶杯。看过展览之后我才知道买的茶杯是青白瓷。像这种造型简单的茶杯可以说是夏季专用杯,看上去的确给人以一种清爽感,不过我觉得初秋晚上也适合用这种冷色调的茶杯。

　　我觉得学习茶道有一个好处,那就是自己在家也可简单地制作淡茶。这不需要任何礼法规矩。虽需将粉茶放入茶杯,然后用圆筒竹刷不断搅拌即可。即便动作不熟练,也能制出泡沫丰富、香浓可口的一杯茶。这时我便用较厚的信乐瓷器,我擅自将它命名为"河童"。

　　这是妹尾河童送给我的。我去他的办公室时,他说:"你在学习茶道吧,把这个拿去用吧,这是我亲手烧制的。"这件瓷器美观大方,得到它后我立刻去超市买了粉茶。青山"纪之国屋超市"的茶叶专柜摆着装在小罐内的粉茶与搅拌粉茶用的圆筒竹刷。小茶勺竟然卖七百日元。

　　正如大家所知,茶具的价格是无上限的。如果是有来历的东西,比如像掏耳勺那种形状的小茶勺竟然卖到数百万日元甚至数千万日元。然而这里却卖七百日元。

　　太好了!真是太好了!只要稍微弄通一些茶道的基本知识,再买一些便宜的用具,就能按自己的方式去消遣了。用八百日元的粉茶与七百日元的小茶勺就可以制出许多杯淡茶。把在青山菊屋买回的日式甜点放入铺着白纸的漆制托盘(参加婚礼得到的纪念品)内，然后轻手轻脚地端出来，接着再端上足够的淡茶。每当我在饭后这么做时，丈夫(有时)也会噢的一声瞪大眼睛。我还做给几位朋友看过，他们也都赞叹不已。

我曾认为，我的这种茶道的消遣方式也是不错的，然而，前不久我却败下阵来。当时，某杂志社强行安排我与茶道"里千家"流派的年轻师傅对话。这无疑等于是让一个仅仅摸过网球的人参加温布尔顿网球赛。

会谈地点在里千家流派东京办事处中的今日庵。年轻师傅亲自为我泡了一杯茶。茶杯名为"浮舟"。由于形状不规则，所以略微有些晃动。据说这是三百多年前的东西。

由于过于紧张，我的身体冒出了冷汗。接触到真正的茶道，我才明白自己所做的一切还相差甚远。通过每次习练，可以认识到自己是多么无知与笨拙。这也是学习茶道的一个重要收获。

我想，总有一天，我这第一次购买的漂亮的茶杯会增添更多的新伙伴。为此我必须加倍努力学习茶道。我还学起了日本舞蹈。最近，我已完全沉迷于日本传统的情调之中。

有着强烈感染力的姿容

玛丽莲·梦露实在是一位不可思议的女演员。她的生活方式姑且不论，但是她的容貌可以称得上美丽无双。尽管世界上有许多漂亮的女明星，可她们的容貌并没有如此强烈的感染力。比如说，我们可以试着将这些女演员用做偶人的标准进行一下比较。

伊丽莎白·泰勒由于过于漂亮，刻画她会使人无从入手；奥黛丽·赫本制成偶人反而会失去特点；虽说波利基德·巴鲁特适合做偶人，但她有点过于性感。

然而，玛丽莲·梦露的性感与美貌却透出微微的俏皮。即使那注定是悲剧的成分，可她的一举一动都还是可爱的。

安迪·沃霍尔的画很有名，作为伟大画家的重要条件，就是在他的脑海中可以一笔将画绘成。

我当然很喜欢玛丽莲，高中时代我曾在当地的广播站担任播音员，那时我的绰号就是"玛丽莲"。因为这与我的名字"真理子①"的读音很相近。我从那时开始说话就有些拖音拉腔的，当我说"喂——大家好！我是你的玛丽莲"时，由于人们只能听到声音看不到面孔，有好多人都想入非非。也许是因为"玛丽莲"的名声太响，县内的高中生们竟然成立了我的崇拜者俱乐部。回想起来，既令人怀念，又感到有些对不住他们。

如今在我家中还摆着"玛丽莲之物"。这是一位叫山姆·肖的摄

① 读作maliko。——译者注

影师拍的玛丽莲的原版照。照片以曼哈顿的桥为背景，新婚中的阿塞·米勒与玛丽莲互相凝视。看起来理智而又深沉的阿塞用充满关爱的目光注视着爱人的面部，而漂亮的玛丽莲也仰面迷人地注视着他。

坂本龙一先生请我参加他个人作品展览会的电视座谈，从而我得到了这幅原版照片。应该说，它的价格不会便宜。但我有幸得到了它，每天都得以欣赏玛丽莲最幸福时刻的表情。

又过了几年，我与新婚的丈夫也共同度过了夏季。当然他不能与阿塞·米勒相比。我还偶然买到了劳特雷克的画。由于自己尝到过甜头，后来我又一次光顾那家古玩店，却吃惊地看到店内已经发生变化，里面的玻璃橱窗内多了一个玛丽莲。

在街面上也常常会看到与玛丽莲相关的商品，但都是些庸俗之物，丝毫也吊不起人的胃口。玛丽莲的嘴被搞得软塌塌的，而且过于强调肩和黑痣。而这家古玩店内的玛丽莲像在色彩与外形方面都透着神韵。原来这是20世纪福克斯公司在完成"绅士酷爱金发"作品的新闻发布会上向与会者分发的限额纪念品。不过遗憾的是，这件是一九八一年的复制品。

尽管是复制品，但也需要四百美元，这让我犹豫不决。这尊玛丽莲塑像既美丽又雅致，我不忍心将她留在死气沉沉的古玩店内，于是就把她带回了日本。如今，她形单影只地立在我家的碗橱之中。

玛丽莲真是可爱而又漂亮啊！将塑像与原版照两相对照，我更加这么认为。最近，通过卫星电视及录像，可以看到很多她的电影，她那高超的演技也令人叹为观止。

然而，有趣的是，玛丽莲并没格外受到录像的青睐。由于录像和卫星电视的普及而使得奥黛丽·赫本及波利基德·巴鲁特的人气急剧上升，年轻女孩子都爱好赫本及巴鲁特的新潮服装。

　　而玛丽莲却恰恰相反，由于她总是穿着电影公司指定的注重胸部的礼服和并非最新款式的长裤，所以才与"新潮"这一称谓无缘。然而，玛丽莲的一些私生活照片却很吸引人。她那特有的蓬乱头发及浴衣的穿法都别有一番风韵，值得大家借鉴。可是人们似乎没有注意到这一点，大家印象中的玛丽莲总是身穿裸露肩膀的晚礼服。

　　赫本年老之后成了一个善良、乐于助人的老奶奶，巴鲁特最终也成了满脸皱纹的动物保护主义者。只有玛丽莲永远年轻漂亮，时间静止在她三十岁的人生黄金时期。

　　我认为，"让时间静止"才是最适合做偶人的条件。

夫劳拉·塔尼卡画师的作品

走进餐具卖场，我会忘记一切。餐具这东西，仿佛是来自世界各国的花束。一朵朵幽居在碗中、盘子里的花释放着幽香。

英国的餐具典雅大方，而法国的餐具有一种华贵之美。一边观赏一边感受这些细微之处，这无疑是一种趣事。

其中，最让我心动的当属劳亚鲁·哥本哈根牌餐具。现在我正在使用的布鲁夫鲁提特系列非常有名，它那独特的蓝色小花图案可同时给人留下既生动又柔和的印象。这种餐具深受喜欢蓝色的日本人的欢迎。

几年前，我曾接受劳亚鲁·哥本哈根公司的邀请去过丹麦。一同前往的还有一些女性杂志社的记者。在那里，我参观了陈列着很多夫劳拉·塔尼卡餐具的工作室。世界公认的最华贵餐具夫劳拉·塔尼卡正是由劳亚鲁·哥本哈根公司制作的，丹麦的王室成员们就使用这种餐具。我为这精美无比的餐具而心醉，买下了一套夫劳拉·塔尼卡的咖啡用具与点心盘！

这种品牌的价格令人惊叹。而更主要的是它在日本难以见到。打个比方说，在百货店的特选餐具柜台，仅仅会找到两三件该品牌餐具，而且都被作为"装饰碟"摆在玻璃橱中，这足以说明它的稀有价值。至于成套的咖啡用具，压根儿就没有见到过。

通常作为艺术品陈列的盘子，我却随心所欲地将它当作餐具来

使用(这么说也许并不尽然)，我的度量是多么宽大啊！

目前，听说日本还没有人拥有如此数量的夫劳拉·塔尼卡餐具。正因为如此，在餐具热的今天，请求采访我的预约接连不断。这套餐具与一只产自英国的稀有品种的猫一起成为我的骄傲。这多亏了当时日元大幅升值及哥本哈根公司出于对宾客关照而让利，当然也托石井先生的福。

石井先生当时是夫劳拉·塔尼卡产品的画师，还曾为我们一行人担任向导与翻译。他英俊潇洒，礼数周全，可以说这种男人如今在日本已不多见。遗憾的是，他与丹麦的妻子已有了两个男孩。

这些暂且不谈，在劳亚鲁·哥本哈根总公司的专用房间(摆放着夫劳拉·塔尼卡)内，石井先生向我建议："由于夫劳拉·塔尼卡全部都是一件一件地手工描绘，所以免不了有好有坏。要买的话，请仔细挑选购买精品。"

在日本不过有两三件夫劳拉·塔尼卡，而现在我们却能在总公司的全部库存品当中，一件一件地仔细挑选。这是多么奢侈，多么幸运啊！过后我才知道这种机会是多么难得。

我们家的夫劳拉·塔尼卡餐具中，当然有几件是出自石井先生之手。石井先生于前年自立门户，在日本创办了工作堂与学习班，他还在麻布十番的画廊举办过个人作品展览会。

石井先生运用夫劳拉·塔尼卡的技术，开辟了一块属于自己的天地，笔触细腻的鱼的图案的盘子就是最具代表性的作品。

石井先生说："由于日本人非常喜欢吃鱼，所以就尝试着在盘子上画起了鱼。"本来这样大小的盘子适合盛点心，但与大盘子搭配在一起，作为冷菜盘子使用也未尝不可。

如有足够的时间，我喜欢将桌子收拾得整整齐齐招待客人。铺上在国外买的高级桌布，再摆上一些鲜花，然后再摆上高脚杯，看上去也能像那么回事儿。

当桌面布置得很讲究时，吃的东西反而会被忽略。而那种大盘子大碗，既喝又唱的聚会对饭菜的要求似乎更高。

在高雅华贵的餐桌前，只需准备上好的红白葡萄酒，大家就能轻松愉快地谈话了。冷菜可选择在"纪之国屋超市"的西餐小吃专卖店就能买到的肉泥及熏制的三文鱼，稍微加工一下即可。主菜可选择烤肉或煮肉，因为这可以提前准备，所以十分轻松。这样的一顿晚餐对男人来说也许填不饱肚子，然而却很受女友们的欢迎。我认为，对女人来说，精美的餐具及酒杯比实惠的饭菜更重要。

与准备晚餐相比，餐后的整理却很麻烦。虽说女友们都愿意帮忙，但我担心会有令我悔恨一生的事情发生，因此，总是在打发她们回去之后，深更半夜里独自洗盘子。以前，我曾将劳真达鲁酒杯倒扣在毛巾上使其干燥，结果，在我夜里睡觉时猫将酒杯打碎。从那以后，高级餐具我总是随用随洗，洗后立即将其擦干收拾到碗橱中。

由于不能将餐具重叠放置在洗碗的漏筐中，所以洗起来要花费很多时间，但我总是仔细地去做。经过清洗的盘子，比以前更加光彩夺目，十分漂亮，就像女人刚刚洗过的面颊。

每当这时，我都会满足地长出一口气，也许这就是使用这些餐具的乐趣吧。

林真理子年谱

1954年　4月1日生于日本山梨县山梨市。

父母经营书铺，家境并不富裕，但自小与书籍结缘，立志长大当作家。

1960年　就读于山梨市加纳岩小学。

1966年　就读于山梨市加纳岩初中。加入校立吹奏乐队。

同年，赴东京参加NHK全国音乐大赛。

1969年　就读于山梨县立高中。加入广播、文学兴趣小组。

同年10月，被山梨广播电台音乐唱片节目选中，以玛丽莲的名字参加每周三播出的广播演出。青春小说的不朽名作《忧郁的葡萄》记录了这段女子高中的青春经历。

1972年　考入日本大学艺术系。加入课外网球队。

在东京租借三叠陋屋，开始都市的大学生活。

同年，首次海外旅行去巴黎。

1975年　开始就职，应聘40余家公司，均未被录取。青春时代的挫折成为第一本散文集《个女无敌·快乐书》（直译《把快乐买回家》）的素材。

1976年　大学毕业，开始打工生活。当过印刷工，还在医院做过人工植发的临时工。

1978年　矢志小说创作，三个月仅写了18页，受挫后转而参加广告文稿写作班。此时文才受到赏识，正式就职于广告制作公司。被人谑称为"土包子姑娘"。

1979年　欲参加讲谈社主办的访华团，因公司未准假，辞职。

同年，就职于秋山道男事务所。

1981年　从事广告文稿写作。作品《边赶边修边休闲》获TCC东京广告作者俱乐部新人奖，初露头角。

独立成立事务所。

1982年　第一部散文集《个女无敌·快乐书》用生动的当代女性话语，直抒职业女性的心声。出版后畅销全国，媒体争相报道，一举成名。

同年被选为NHK一年一度的除夕全国"红白对歌"文艺晚会评审员。

1983年　发表散文《赏花不如结婚》，在青年中掀起一股结婚热潮。

开始作为畅销散文作家客串电视台节目和广告片。

发表散文集《快乐综合征》、《即使过了梦想年代》等。

开始小说创作，发表处女作《向星星许愿》。

1984年　由《向星星许愿》改编的电视连续剧在东京电视台播出。

第一部短篇小说《星光下的斯特莱》被选为日本通俗文学最高奖直木奖的候选作。

正式开始专业创作。同年还发表《忧郁的葡萄》、《林真理子特集》、《真理子的梦在晚上展现》、《投向街角的吻》等。

1985年　《忧郁的葡萄》和《胡桃之家》先后被选为第92、93届直木奖候选作。

同年发表的作品有小说《只要赶上末班飞机》，散文《南青山物语》、《今晚想起忍不住笑》等。

开始在女性杂志《安安》上发表连载《每次吃饭好悲哀》、《紫色的场所》。迈向通往美女的第一步。

1986年　《只要赶上末班飞机》和《京都行》获第94届直木奖。《南青山物语》被改编成电视剧在富士电视台播出。

同年还发表《恋爱幻论》、《身心》、《真理子的青春日记和书信》、《只要爱》等。

1987年　受《安安》委托赴巴黎采访。开始关注香奈儿、迪奥等世界时尚。

被选为美国国务院"肩负明日日本使命的年轻人"赴美一个月。

出版《战争特派员》、《喝茉莉花时》、《失恋的月历》等。

1988年　出版《真理子的故事》、《你见过这样的巴黎吗》等。

同年获《文艺春秋》读者奖。

首次参加远藤周作任团长的业余剧团公演。

1989年　出席维也纳歌剧院舞会，开展社交。

在松坂庆子主演的音乐歌剧《山茶夫人》中担当角色，扮演大热魔女。

电视剧《林真理子的危险的女人们》在朝日电视台播出。

出版《罗马的假日》、《女性时尚用语词典》、《昭和的回顾和微笑》、《旅行磨破鞋，临睡喝杯酒》等。

1990年　与公司职员东乡顺结婚，在东京神田基督教会举行结婚仪式。

《安安》先后连载《真理子的婚纱日记》、《真理子的为妻日记》。

同年还出版有以母亲为题材的小说《读书的女人》，以及《奢侈的恋爱》、《美华的故事》等。

发表第一部描述明治皇室风俗和丑闻的历史小说《明治官女》。

1991年 韩国出版韩语本《个女无敌·快乐书》。

《忧郁的葡萄》被改编成电视剧，在富士电视台播出。

出版《悲哀不已》、《真理子专集》等。

开始学习日本传统歌舞剧。

1992年 获和服优雅京都大奖。

散文《和服的享受》获普及民族服装协会文化功劳奖。

同年发表回顾36年人生的长篇小说《一年一回》，以及《下一个国家，下一次恋爱》、《大人的现状》、《原宿日记》等。

1993年 出任日本恐怖小说评委。

"林真理子展"在银座开幕，展出作者的全部著作、插画、手稿以及日常用品。

在话剧《歌剧少女》中担任角色。

在国立剧场演出日本舞蹈《藤娘》。

作品《东京窃国物语》被改编成电视剧，在NHK播出。

出版《奢侈的失恋》、《难道不讨厌》等。

1994年 出任《小说新潮》长篇小说新人奖评委。

历史小说《明治官女》被改编成电视剧，在朝日电视台播出。

在根除艾滋病慈善音乐会上参加歌剧《卡门》的演出。

出版《文学女人》、《天鹅绒物语》、《奢侈的恋人们》、《白莲依依》等。

纪念《周刊文春》散文《今晚想起忍不住笑》连载第500回，与读者百余人重访家乡山梨县。

1995年 出任朝日新人文学奖评委。

小说《白莲依依》获柴田炼三郎奖，被改编成话剧公演。

发表《文女士》，漫画小说《虹的娜塔莎1》、《虹的娜塔莎2》等。

1996年　小说《快活的全家旅游》被改编成电视剧，在富士电视台播出。

在朝日电视台名人专访节目《彻子的客厅》中出场。

描写婚外恋的长篇小说《青果》出版，成为一大畅销书。再版30余次，印数达70余万册。

《忧郁的葡萄》英译本出版。

同年问世的还有《幸福御礼》、《全勤奖》、《雏菊·爱情故事》等。

1997年　《青果》同时被改编成电视剧和电影，成为社会一大话题。

客串NHK电视连续剧《阿谷莉》。

《安安》开始连载系列散文《美女入门》。

《大家的秘密》获吉川英治奖。

出版《个女无敌·好运书》（直译《做个好运的女人》）、《和服的故事》等。

去纽约、香港旅游。

1998年　出任讲谈社散文大奖评委。

当选"当年最出色女性"，获钻石个性奖。

出版《葡萄物语》、《跳舞唱歌大赛》、《分手的船》等。

去蒙古旅游。

1999年　出任三得利推理大奖评委和吉川英治文学新人奖评委。

出席勃勃·克利克公司在法国凡尔赛宫举行的世纪末招待会。

《美女入门》单行本出版，成为畅销书。

长女出生。

2000年　出任直木奖、每日出版文化奖评委。

在纽约日本社交会和巴黎日本文化馆发表演讲。

获最佳和服穿着奖。

在"六本木男生合唱团"的圣诞节晚餐会上担任首席歌手。

客串日本电视台《时髦的关系》。

出版《个女无敌·真爱书》（直译《女人自有男人爱》）、《爱得要死》、《寻花》、《美女入门2》、《错位》等。

开始学习法国菜烹调法。

2001年　出任《妇人公论》文艺奖评委。

被法国食品振兴会授予骑士称号。

小说《一年以后》被改编成电影《东京万寿菊》。

客串电视节目SMAP×SMAP。

出版《美女入门3》等。

赴北京观赏世界三大男高音演唱音乐会。

2002年　角川出版社以"读真理子，入美女门"为主题开设林真理子个人书展和网页。

发行文库本《美女入门》。

长篇小说《圣家庭的午餐》出版，描写家庭事件的恐怖题材给书迷带来冲击。

同年出版的小说还有《花》、《初夜》和散文集《红一点主义》、《世纪末想起忍不住笑》。

发表随笔《二十几岁女性必读的名作》，介绍作为年轻女子修养必读的当代文学作品。

2003年　小说《读书的女人》被改编成电视剧，在NHK黄金时段播出。

和散文家秋元康、漫画家柴门文一起开设以女性为对象的恋爱咨询网页"恋爱迷"。出版《比自己年少的朋友们》、《真理子的餐桌》、《东京偏差值》、《男女旅行到终点》等。

在《周刊文春》上连载《野玫瑰》。

年末出版的描写女性恋爱痛苦的长篇小说《姐们儿》，以爱情与恐怖结合的小说体裁，引起关注和好评。

"姐们儿语言"、"姐们儿短信"大流行。

2004年　《野玫瑰》单行本和短篇小说集《乳色》出版。

和作家松村友视等共著的短篇小说集《东京小说》发行。